古詩

漢　佚名

採葵莫傷根傷根葵不生結交莫羞貧羞貧友不成　甘瓜抱苦蒂美棗生荆棘利旁有倚刀貪人還自賊

古風 二首

聶夷中

春種一粒粟秋收萬顆子四海無閒田農夫猶餓死　鋤禾日當午汗滴禾下土誰知盤中餐粒粒皆辛苦

越謠歌

君乘車我戴笠他日相逢下車揖　君擔簦我跨馬他日相逢為君下

簦：有柄之笠，古代之傘。

傅雷选给孩子的古诗读本

生活·讀書·新知三联书店

图书在版编目（CIP）数据

傅雷选给孩子的古诗读本 / 傅雷编选. —北京：生活 · 读书 · 新知三联书店，2021.9
（三联精选）
ISBN 978－7－108－07210－8

Ⅰ. ①傅…　Ⅱ. ①傅…　Ⅲ. ①古典诗歌－诗集－中国－青少年读物
Ⅳ. ① I222.72

中国版本图书馆 CIP 数据核字（2021）第 175947 号

特邀编辑　刘黎琼
责任编辑　王　竞
装帧设计　鲁明静
责任校对　常高峰
责任印制　张雅丽
出版发行　生活·讀書·新知 三联书店
　　　　　（北京市东城区美术馆东街 22 号 100010）
网　　址　www.sdxjpc.com
经　　销　新华书店
印　　刷　河北鹏润印刷有限公司
版　　次　2021 年 9 月北京第 1 版
　　　　　2021 年 9 月北京第 1 次印刷
开　　本　850 毫米 × 1168 毫米　1/32　印张 10.5
字　　数　85 千字
印　　数　00,001－10,000 册
定　　价　49.00 元
（印装查询：01064002715；邮购查询：01084010542）

傅雷与傅聪在研究古诗词

1956

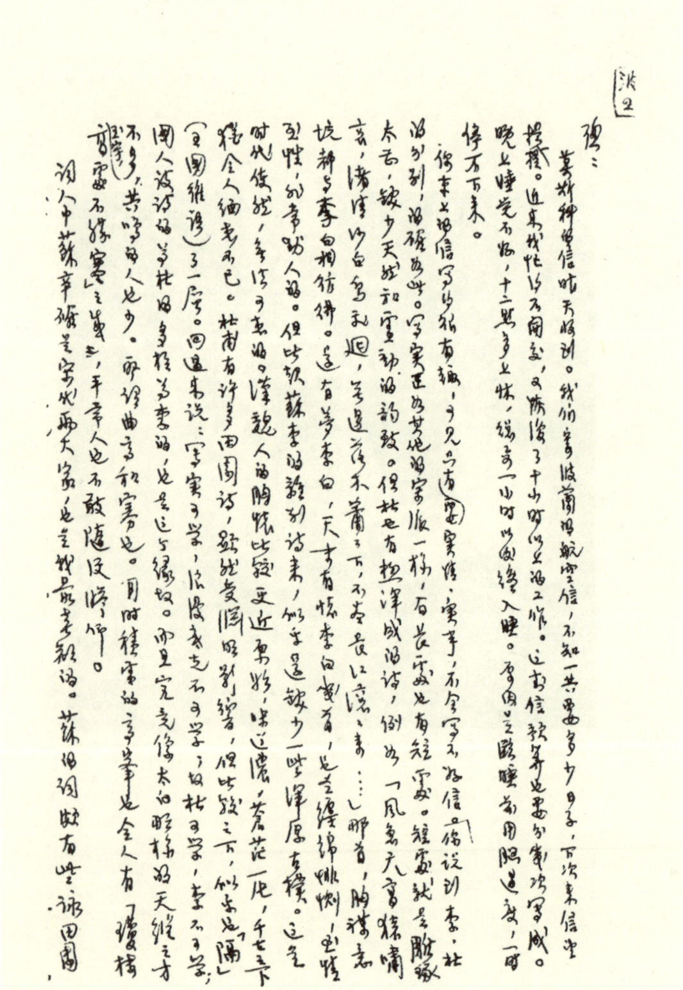

谈2

聪：

莫斯科的信昨天收到。我们寄波兰的航空信，不知一共要多少日子，下次来信望提一提。近来我忙得不可开交，又恢复了十小时以上的工作。这封信预算也要分几次写成。晚上睡觉不好，十二点多上床，总要一小时以后才入睡。原因是脑子用脑过度，一时停不下来。

你来上海信写得很有趣，可见只要真情、实事，不会写不好信。你说到李、杜的分别，很对。写实正如其他的写实派一样，有长处也有短处。短处就是雕琢太甚，缺少天然和灵动的韵致。但杜也有极浑成的诗，例如「风急天高猿啸哀，渚清沙白鸟飞回，无边落木萧萧下，不尽长江滚滚来……」那首，胸襟意境都与李白相仿佛。还有《梦李白》、《天末怀李白》几首，也是缠绵悱恻，至情至性，非常动人的。但比起苏李的离别诗来，似乎还缺少一些浑厚古朴。这是时代使然，无法可想的。汉魏人的胸怀比较更近原始，味道更浓，苍苍茫茫一片，千古之下犹令人缅想不已。杜甫有许多田园诗，虽然受渊明影响，但比较之下，似乎「隔」（王国维语）了一层。回过来说：写实可学，浪漫底克不可学；故杜可学，李不可学；国人谈诗的尚杜的多于尚李的，也是这个缘故。而且究竟像太白那样的天纵之才不多，共鸣的人也少。所谓曲高和寡也。同时积雪的事业也令人有「琼楼玉宇，高处不胜寒」之叹，平常人也不敢随便仰攀。

词人中苏、辛确是宋代两大家，也是我最喜欢的。苏的词颇有些咏田园的，

傅雷在信中与傅聪谈古诗词

1954

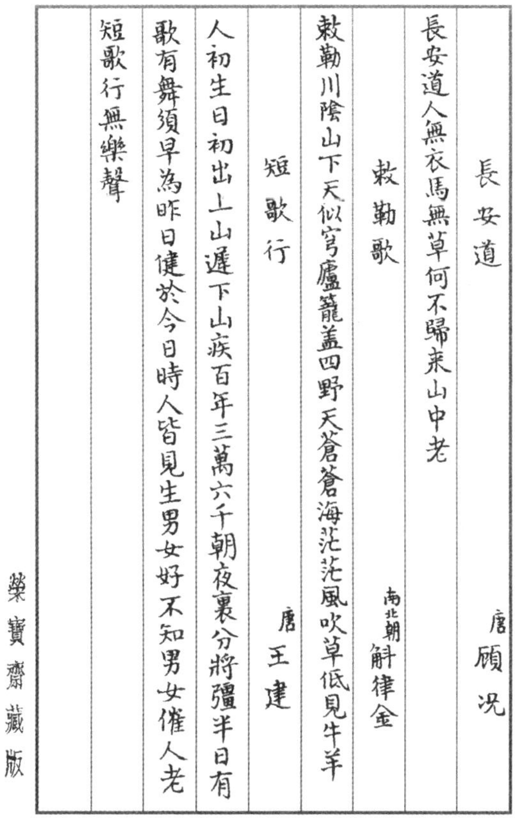

長安道　唐　顧況

長安道人無衣馬無草何不歸來山中老

敕勒歌　南北朝　斛律金

敕勒川陰山下天似穹廬籠蓋四野天蒼蒼海茫茫風吹草低見牛羊

短歌行　唐　王建

人初生日初出上山遲下山疾百年三萬六千朝夜裏分將彊半日有歌有舞須早為昨日健於今日時人皆見生男女好不知男女催人老

短歌行無樂聲

榮寶齋藏版

傅雷精心编选手抄的古诗读本，傅聪出国后一直带在身边

1955

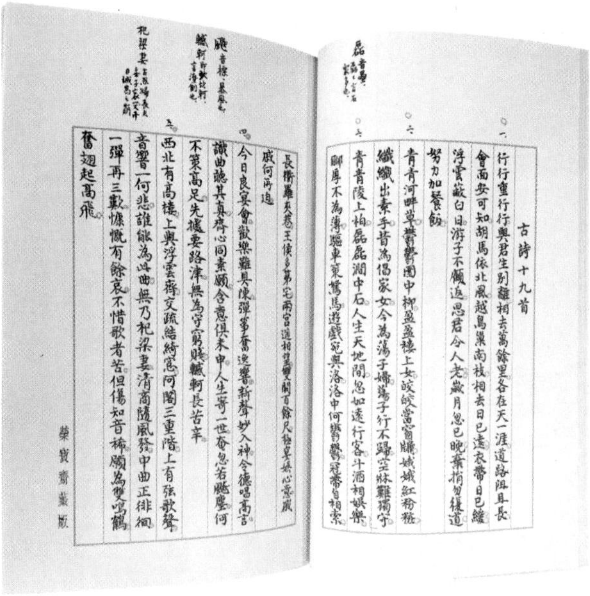

傅雷为干女儿牛恩德选编的古诗读本

1957

目录
Contents

写在前面

小时候在家里，父亲抽空就给我们上诗词课或古文课，他总是边唱吟边讲解。那些诗词都是他自己从古书堆里精选的。1955 年哥哥傅聪在波兰得奖后，父亲就把这本自己精心手抄并亲手线装的“古诗词读本”交给哥哥带走。哥哥在国外这本古诗词读本总是不离身的。如今他仍能背诵这些诗词。

可以说，父亲为我们专门精选的这 184 首古诗词，对傅聪来讲，在艺术的启迪中起到了无法估量的作用。

2016 年，先父母逝世五十周年时，我们曾影印这些古诗词出版，寄托我们的哀思。今日三联书店有意再次出版，以惠及当今之莘莘学子。希望读者们可以从中感受到家父对中华文化的热爱与理解，对大家无论是生活、做人，还是艺术、审美，都能有所裨益。

傅敏

二〇二〇年十月

古诗读本

傅雷编选

古诗

汉　失名

采[1]葵[2]莫伤根，伤根葵不生。
结交莫羞贫，羞贫友不成。

甘瓜抱苦蒂，美枣生荆棘。
利旁有倚刀，贪人还自贼[3]。

注释：

1. 采：采撷。
2. 葵：冬葵，一种野菜。“采葵”因此遂成与贫士交友之意。
3. 贼：伤害。

古风二首[1]

聂夷中

春种一粒粟[2]，秋收万颗子[3]。
四海无闲田[4]，农夫犹饿死。

锄禾[5]日当午，汗滴禾下土。
谁知盘中餐，粒粒皆辛苦。

注释：

1. 此二诗傅雷录为聂夷中作。聂夷中（837—884？），字坦之，河东（今山西永济）人，一说河南（今河南沁阳）人。通行版本作《悯农二首》，作者为唐诗人李绅。李绅（772—846），字公垂，亳州（今安徽亳州）人。
2. 粟：泛指谷类。
3. 子：指一粒粮食。
4. 四海：指全国，举国。闲田：无人耕种的荒田。
5. 禾：谷类植物的统称。

越谣歌

君乘车，我戴笠，

他日相逢下车揖[1]。

君担簦，我跨马[2]，

他日相逢为君下。

簦：有柄之笠，
古代之伞。

注释：

1. 揖：拱手行礼。
2. 乘车与跨马，指尊贵；戴笠与担簦，指贫贱。由本诗诗意演绎出的成语“车笠之盟”，喻指友情始终如一，不因双方贫富和贵贱的变化而改变。

乌鹊歌[1]

南山有乌，北山张罗[2]。

乌自高飞，罗当奈何。

注释：

1. 战国时期，宋国舍人韩凭妻何氏貌美，被宋康王偃看中，强夺后关在陵台内，何氏便作两首《乌鹊歌》表明心志，随后自缢而死。此为其一。
2. 罗：捕鸟的网。

汉时民谣

狡兔死，走狗烹[1]。

飞鸟尽[2]，良弓藏。

敌国破，谋臣亡。

注释：

1. 烹：烹煮，烹制。
2. 尽：光，消失。

采薇歌

登彼西山[1]兮，采其薇[2]兮。

以暴易暴[3]兮，不知其非[4]兮。

神农虞夏忽兮没兮[5]，

吁嗟徂兮[6]，命之衰[7]兮！

注释：

1. 西山：即首阳山，在今山西永济县南。
2. 薇：植物名，根含淀粉，可食。
3. 以暴易暴：意为周武王以暴虐替代了商纣王的暴虐。
4. 不知其非：武王尚不知自己的过失。
5. 神农：传说中的炎帝。虞：即大舜。夏：朝代名，指夏朝开国君主大禹。通行版本中“神农”二句为“神农虞夏忽焉没兮，吾适安归矣。吁嗟徂兮，命之衰矣”。
6. 吁嗟：叹词。徂：往。
7. 命之衰：生命走向苍老和衰弱。传此古歌为伯夷、叔齐所作，二人在首阳山采薇充饥，宁死不食周粟。

大风歌[1]

大风起兮云飞扬，

威[2]加[3]海内[4]兮归故乡。

安[5]得猛士兮守四方！

注释：

1. 汉高祖刘邦击破英布军返长安时，途经故乡沛县，邀集父老共饮。酒酣，刘邦击筑高歌，即《大风歌》。
2. 威：威势。
3. 加：施加。
4. 海内：四海之内，即“天下”。
5. 安：哪里，怎样。

琴歌

乐莫乐兮新相知[1]，

悲莫悲兮生别离[2]。

注释：

1. 新相知：结识新的知交。

2. 生别离：离别后难以再次见到。

城中谣[1]

城中好[2]高髻，四方高一尺。
城中好广眉[3]，四方且[4]半额。
城中好大袖[5]，四方全匹帛[6]。

注释：

1. 该诗为《乐府诗集・杂歌谣辞》中一首。
2. 好：喜好，流行。
3. 广眉：宽眉。
4. 且：将，马上。
5. 大袖：宽大的衣袖。
6. 全匹帛：整匹的帛。

古怨歌[1]

汉　窦玄妻

茕茕[2]白兔，东走西顾。

衣不如新，人不如故。

注释：

1. 本诗最早见于《太平御览》卷六百八十九，题《古艳歌》，无作者名氏；明清选本则作窦玄妻《古怨歌》。
2. 茕茕：孤独无依。《诗经·小雅·正月》："忧心茕茕，念我无禄。"

击壤[1]歌

日出而作[2]，日入而息[3]。

凿井而饮，耕田而食。

帝力[4]于我何有哉。

注释：

1. 击壤：意为“敲打土地”，亦有观点认为击壤为一古老游戏，壤是一种木片，将其竖立，游戏者在一定距离外，用另一木片投掷其上，投中即胜。此处聊备一说。
2. 作：起。
3. 息：停歇。
4. 帝力：指尧帝的威势、力量。

啄木鸟

晋 左贵嫔[1]

南山有鸟，自名啄木。
饥则啄树，暮则巢宿。
无干于时[2]，惟志所欲。
性清者荣[3]，性浊者辱。

注释：

1. 左贵嫔，即左棻，字兰芝，齐国临淄人，晋武帝妃嫔，诗人左思之妹，少好学，善作文，素有诗才。
2. 一作“无干于人”，即无所求于人。
3. 荣：受人敬重，获得荣誉。

长歌行[1]

青青园中葵[2]，朝露待日晞[3]。
阳春布德泽[4]，万物生光辉。
常恐秋节至，焜黄华叶衰[5]。
百川[6]东到海，何时复西归？
少壮不努力，老大徒伤悲。[7]

注释：

1.《长歌行》为汉乐府曲题，属相和歌辞中的平调曲。

2. 葵：中国古代一种重要的蔬菜。《诗经·豳风·七月》：“七月亨葵及菽。”

3. 晞：天亮，引申为阳光照耀。

4. 布：施与，给予。德泽：恩德，恩惠。

5. 焜黄：草木凋落枯黄。华：同“花”。

6. 百川：江河湖泽的总称。

7. 少壮：指青少年时代。老大：指老年。徒：徒然，白白地。

悲　歌

悲歌可以[1]当泣，远望可以当归。
思念故乡，郁郁累累[2]。
欲归家无人，欲渡河无船。
心思[3]不能言，肠中车轮转[4]。

注释：

1. 可以：聊以，姑且当作。
2. 郁郁累累：重重累积之貌，形容忧思沉重。
3. 思：悲也。
4. 肠中车轮转：肝肠如车轮翻转，十分煎熬痛苦。

古　诗

步出城东门，遥望江南路。

前日风雪中，故人从此去。

我欲渡河水，河水深无梁[1]。

愿为双黄鹄，高飞还故乡。

注释：

1. 梁：桥梁。

饮马长城窟行[1]

青青河边草，绵绵[2]思远道。
远道不可思，夙昔梦见之[3]。
梦见在我傍，忽觉在他乡。[4]
他乡各异县，展转[5]不可见。
枯桑知天风，海水知天寒。[6]
入门各自媚[7]，谁肯相为言[8]。
客从远方来，遗我双鲤鱼[9]。
呼儿烹鲤鱼，中有尺素[10]书。
长跪[11]读素书，书中竟何如。
上有加餐食，下有长相忆。[12]

注释：

1.《饮马长城窟行》为乐府旧题，原辞已不传。此诗为思妇之词，与长城饮马无涉。
2. 绵绵：连绵不断，连续不绝。青草延绵不绝，恰如对征人的绵长情思。
3. 夙昔：昨夜。《广雅》云："昔，夜也。"
4. "梦见"两句：梦中他就在我身边，醒来才蓦然意识到他仍远在他乡。
5. 展转：同"辗转"。
6. "枯桑"两句：闻一多《乐府诗笺》云："喻夫妇久别，口虽不言而心自知苦。"
7. 媚：爱。

8. 言：问。别人回到家里，只会与自家人亲热相从，断然无人来慰问我。

9. 遗：赠予，馈赠。双鲤鱼：指信函。古人常将信函封存于鱼形木函中寄出，木函由两块木板制成，一底一盖，两相贴合，谓之“双鲤鱼”。“双鲤”后成为书信的代称。

10. 尺素：指书信。古人写信是用帛或木板，其长皆不过尺，故称“尺素”或“尺牍”。

11. 长跪：直身屈膝成直角的跪礼。古人席地而坐时，以两膝着地，臀部压在脚后跟上。长跪时，则将腰股伸直，以示庄重恭敬。

12. 此句现行版本也作“上言加餐食，下言长相忆”。

长安道[1]

唐　顾况

长安道，
人无衣，马无草，
何不归来山中老。

注释：

1. 作者顾况（生卒年不详），字逋翁，号华阳真逸（一说华阳真隐），晚年自号悲翁。曾任著作郎，因作诗嘲讽得罪权贵，贬饶州司户参军。晚年隐居茅山，有《华阳集》行世。“长安道”为红尘中第一等繁华地，身在其间追逐多年，于今却人无衣蔽体，马无粮饲养，只能归卧孤山。

敕勒[1]歌

南北朝　斛律金

敕勒川[2]，阴山[3]下。

天似穹庐，笼盖四野[4]。

天苍苍[5]，海茫茫[6]，

风吹草低[7]见牛羊。

注释：

1. 敕勒，族名，北齐时居于朔州（今山西省北境）。《乐府诗集》引《乐府广题》："其歌本鲜卑语，易为齐言。"
2. 敕勒川：敕勒族居住的地方，即现在的山西、内蒙古一带。北魏时将今河套平原至土默川一带区域称作敕勒川。
3. 阴山：阴山山脉起于河套西北，绵亘于内蒙古自治区南境一带，和内兴安岭相接。
4. 穹庐：毡帐，即蒙古包。四野：草原的四面八方。天空像硕大无比的圆顶毡帐一样倾覆下来，遮盖住这旷视无边的草原。
5. 苍苍：深青色。苍，青。
6. 茫茫：辽阔无边的样子。现通行版本作"野茫茫"。
7. 见：同"现"，显现，呈现。

短歌行

唐　王建

人初生，日初出。

上山迟，下山疾。

百年[1]三万六千朝，夜里分将强半[2]日。

有歌有舞须早为，昨日健于今日时。

人皆见生男女好，不知男女催[3]人老。

短歌行，无乐声。

注释：

1. 百年：指人寿百岁。三国魏嵇康《赠兄秀才入军》诗："人生寿促，天地长久。百年之期，孰云其寿？"
2. 强半：大半，过半。
3. 催：催促，促使。

古诗十九首

行行重[1]行行，与君生别离。
相去[2]万余里，各在天一涯[3]。
道路阻且长[4]，会面安[5]可知？
胡马依北风，越鸟巢南枝。[6]
相去日已远，衣带日已缓。[7]
浮云蔽白日，游子不顾返。[8]
思君令人老[9]，岁月忽已晚[10]。
弃捐勿复道[11]，努力加餐饭[12]。

注释：

1. 重：又。言其路漫漫，行而不止。
2. 相去：相距，相离。
3. 《广雅》曰："涯，方也。"涯：边际。别后此去，将相距万里，天各一方，几无相见之期，呼应上句的"生别离"。
4. 阻：一路上障碍繁多。长：漫长，遥远。《毛诗蒹葭》曰："溯洄从之，道阻且长。"
5. 安：怎么，哪里。
6. 胡马：北方所产的马。依：依恋，留恋。越鸟：南方所产的鸟。《韩诗外传》曰："诗云'代马依北风，飞鸟栖故巢'，皆不忘本之谓也。"
7. 日：一天天，渐渐。已：同"以"。远：久。《古乐府歌》曰："离家日趋远，衣带日趋缓。"缓：宽松。人消瘦为因，衣宽松为果。
8. 白日：原隐喻君王，这里喻指未归的丈夫。顾：顾恋，思念。返：返回，回家。

9. 老：指形体的消瘦，仪容的憔悴。

10. 忽已晚：倏忽之间就很晚了，形容时间流逝迅疾。

11. 弃捐：抛弃，丢弃。复：再。道：谈论。

12. 加餐饭：汉代通行的慰勉别人的话语。

青青河畔[1]草，郁郁[2]园中柳。
盈盈[3]楼上女，皎皎[4]当窗牖[5]。
娥娥[6]红粉妆，纤纤出素手。
昔为倡家[7]女，今为荡子[8]妇。
荡子行不归，空床难独守。

注释：

1. 河畔：河边，岸边。
2. 郁郁：茂盛葳蕤的样子。
3. 盈盈："盈"通"嬴"。《广雅》："嬴，容也。"形容容态美好。
4. 皎皎：皎洁，洁白。
5. 牖：古建筑中室与堂之间的窗子。古院落由外而内的次序是门、庭、堂、室。进了门是庭，庭后是堂，堂后是室。室门叫"户"，室和堂之间有窗子叫"牖"，室的北面还有一个窗子叫"向"。上古的"窗"专指在屋顶上的天窗，开在墙壁上的窗叫"牖"，后泛指窗。
6. 娥：《方言》："秦晋之间，美貌谓之娥。"
7. 倡家：古代指从事音乐歌舞的乐人。
8. 荡子：游子，辞家远出、羁旅忘返的男子，跟后世所谓"荡子"略有不同。

磊：音垒。磊磊言石众多也。

青青陵上柏，磊磊涧中石。[1]
人生天地间，忽[2]如远行客。
斗酒相娱乐，聊厚不为薄。[3]
驱车策驽马，游戏宛与洛。[4]
洛中何郁郁，冠带自相索。[5]
长衢罗夹巷，王侯多第宅。[6]
两宫遥相望，双阙百余尺。[7]
极宴娱心意，戚戚何所迫。[8]

注释：

1. 青青：本意为蓝色，引申为深绿色，这里是草木茂盛的意思。《庄子》："仲尼曰：'受命于地，唯松柏独也，在冬夏常青青。'"陵：此处指大的土山或墓地。磊：众石也，即石头多。陵上柏、涧中石，都是长存的，人生却是奄忽的、短暂的。

2. 忽：迅疾，时光流逝迅速。

3. 斗酒：指少量的酒，斗是舀酒的器具。薄：指酒味淡而数量少。少量的薄酒也可以愉悦心情，只要把它当成是醇厚味永的酒就可以了。

4. 驽马：本义为劣马，走不快的马。宛：南阳古称宛，位于河南西南部。《后汉书·梁冀传》里说："宛为大都，士之渊薮。"可见当时是繁盛的都市。洛：洛阳的简称，东汉的都城，繁华自不必说。既然苦短而行乐，不必在意车马随从，纵只一匹驽马，也能游戏繁华。

5. 郁郁：盛貌，形容洛中繁盛热闹的景象。冠带：顶冠束带者，指京城里的达官显贵。索：求访。

6. 衢：大街。夹巷：长衢两旁的小巷。第：本写作"弟"。本义为次第、次序，此指大官的府邸。

7. 两宫：指洛阳城内的南北两宫。双阙：每一宫门前的两座望楼。

8. 极宴：盛大的宴会。戚：忧思也，《论语》："小人长戚戚。"迫：逼近。

今日良[1]宴会，欢乐难具陈[2]。

弹筝奋逸响[3]，新声妙入神[4]。

令德唱高言[5]，识曲听其真[6]。

齐心同[7]素愿，含意俱未申[8]。

人生寄[9]一世，奄忽若飚尘[10]。

何不策高足[11]，先据要路津[12]。

无为守穷贱，轗轲长苦辛。[13]

飚：音标，暴风也。

轗轲：即坎坷，言潦倒也。

注释：

1. 良：善，好。
2. 难具陈：难以一一述说。具，备。陈，列举，铺陈。
3. 筝：乐器。奋：发出，发作。逸响：飘逸出尘的声响。
4. 新声：指当时最流行的曲调。此处应指西北传来的胡乐。妙入神：曲声精妙，神乎其技。
5. 令德：有令德的人，品德美好的人，此处指知音者。令，善，美好。唱高言：高谈阔论。
6. 真：谓曲中真意。知音者不仅能鉴赏乐曲的妙处，更能揣摩内中的真意，并传达给在座众人。
7. 同：一致。
8. 申：申明，表达出来。知音人说出了座中人心中所欲说而说不出的一番话，也就是下面六句话的内容。
9. 寄：暂住，短暂地存留。《尸子》："老莱子曰：'人生于天地之间，寄也。'"
10. 奄忽：急遽，迅即而短促。飚尘：被狂风卷起来的尘埃。
11. 策：鞭策，鞭打。高足：指良马。
12. 据要路津：占住重要的位置。路，路口。津，渡口。
13. "无为"句：不要枯守着贫贱困缚自己。这是劝诫的语气，和"何不策高足"的反诘语气相衬应。

杞梁妻：古烈妇，丧夫无子，哀哭数日，城为之崩。

西北有高楼，上与浮云齐。[1]
交疏结绮窗，阿阁三重阶。[2]
上有弦歌声，音响一何悲！
谁能为此曲，无乃杞梁妻。[3]
清商随风发，中曲正徘徊。[4]
一弹再三叹，慷慨有余哀。[5]
不惜[6]歌者苦，但伤知音[7]稀。
愿为双鸣鹤[8]，奋翅起高飞。

注释：

1. 楼在西北，凌空而立，唯见浮云缥缈、萦绕其间。既言其高绝，更言其只可远望无从接近。
2. 疏：镂刻。绮：有花纹的丝织品。阿阁：四面有檐的楼阁。高楼的窗由雕镂着花纹的木条交错成精美的格子，四面阁檐飞翘，台基的阶梯层叠可达三重。极言高楼之华美巍峨。
3. 无乃：莫非，大概。杞梁妻：最早见于《左传·襄公二十三年》，言齐国大夫杞梁，出征莒国，战死在莒国城下。其妻抚尸大恸，"上则无父，中则无夫，下则无子，人生之苦至矣"，乃"抗声长哭"，竟使杞之都城因之倾颓。《琴曲》有《杞梁妻叹》一首，《琴操》亦有托名杞梁妻所作一说。
4. 清商：乐曲名，声情悲怨。清商曲音清越而多伤，宜于表现哀怨的情感。中曲：乐曲的中段。徘徊：指乐曲旋律回环往复，舒徐不前。
5. 一弹：弹奏完一段。再三叹：指复沓的曲句和乐调的泛声。慷慨：感慨，悲叹。
6. 惜：痛，叹息。
7. 知音：识曲的人，借指知心的人。
8. 双鸣鹤：比喻心意相通的人。一作"鸿鹄"。

涉江采芙蓉[1]，兰泽[2]多芳草。
采之欲遗[3]谁，所思在远道。
还顾望旧乡[4]，长路漫浩浩[5]。
同心而离居，忧伤以终老。[6]

注释：

1. “涉江”是《楚辞》篇名，屈原所作《九章》之一。本诗借此暗示诗中主人的流离转徙。采芳草送人，本是古代的风俗，有结恩情之意。芙蓉：莲花。
2. 兰泽：生有兰草的湿地。
3. 遗：赠。
4. 还顾：回顾，回头看。旧乡：故乡。
5. 漫浩浩：即“漫漫浩浩”；漫漫，长远貌；浩浩，广大貌。形容路途遥远绵长无尽头。
6. 同心：指男女间或夫妇间感情深厚。离居：不在一起生活。终老：度过晚年直至去世。同心人本应生同室、死同穴，现在却只能独自一人，直至垂垂老去。

明月皎[1]夜光，促织[2]鸣东壁。
玉衡[3]指孟冬[4]，众星何历历[5]。
白露沾野草，时节忽[6]复易[7]。
秋蝉鸣树间，玄鸟[8]逝安适[9]？
昔我同门友[10]，高举振六翮[11]。
不念携手好[12]，弃我如遗迹[13]。
南箕有北斗，牵牛不负轭[14]。
良[15]无磐石固，虚名复何益。

玉衡：北斗第五星。
玄鸟：燕也。

注释：

1. 皎：明亮。
2. 促织：蟋蟀的别名。
3. 玉衡：指北斗七星中的第五星。北斗七星形似酌酒的斗：第一星至第四星呈勺形，称斗魁；第五星至第七星呈柄形，称斗柄。由于地球绕日公转，从地面上看去，斗星每月变一方位。古人根据斗星所指方位的变换来辨别节令的推移。
4. 孟冬：本指冬季的第一个月，此处指方位。玉衡星已经指向孟冬亥宫之方向——西北方，时已过夜。
5. 历历：指众星行列分明的样子。
6. 忽：急遽貌。
7. 易：变换。
8. 玄鸟：燕子。

9. 安适：往什么地方去。燕子是候鸟，春天北来，秋时南飞。这句是说秋意浓重，燕子又将飞往何处？

10. 同门友：同在师门受学的朋友。

11. 翮：本义为羽毛中间的硬管，这里泛指鸟的翅膀。据说善飞的鸟有六根健劲的羽茎，故曰“六翮”。

12. 携手好：指共患难的友谊。

13. 弃我如遗迹：就像行人遗弃自己的足印一样抛弃了我。

14. 南箕：星名，形似簸箕。牵牛：指牵牛星。轭：车辕前横木，牛拉车则负轭，“不负轭”是说不拉车。李善注此句谓：“言有名而无实也。”

15. 良：的确。

冉冉孤生竹[1]，结根泰山阿[2]。
与君为新婚，兔丝附女萝[3]。
兔丝生有时[4]，夫妇会有宜[5]。
千里远结婚，悠悠隔山陂[6]。
思君令人老，轩车[7]来何迟。
伤彼蕙兰花[8]，含英[9]扬光辉。
过时而不采，将随秋草萎[10]。
君亮执高节[11]，贱妾[12]亦何为！

亮：信也，信者真也。

注释：

1. 冉冉：柔弱下垂貌，此为女子自道柔弱。孤：独。竹而曰“孤生”，喻其子子孤立而无依靠。
2. 泰山：即“太山”，犹言“大山”“高山”。阿：山坳。《文选》李善注曰：“结根于山阿，喻妇人托身于君子也。”
3. 兔丝：即菟丝，一种旋花科的蔓生植物，女子自喻。女萝：一种缘松而生的蔓生植物，以比男方。
4. 生有时：草木有繁盛有枯萎，喻人生有少壮有衰老。
5. 宜：适当的时间。菟丝的荣枯有它的时间，夫妻的结合也应及时。
6. 悠悠：遥远貌。山陂：泛指山和水。
7. 轩车：有篷的车。这里指迎娶的车。
8. 蕙兰花：女子自比。蕙、兰是两种同类香草。
9. 含英：指花朵初开而未尽发。含，没有完全发舒。英，花瓣。
10. 萎：枯萎，凋谢。
11. 执高节：坚守高尚的节操。
12. 贱妾：女子自称。

庭中有奇树[1]，绿叶发华滋[2]。
攀条折其荣[3]，将以遗[4]所思。
馨香盈[5]怀袖，路远莫致[6]之。
此物何足贡[7]？但感别经时[8]。

注释：

1. 奇树：犹“嘉木”，佳美的树木。
2. 发华滋：花开繁盛。华，同“花”。滋，繁盛。
3. 荣：古代称草本植物的花为“华”，称木本植物的花为“荣”。
4. 遗：赠送，赠予。
5. 盈：充盈，充满。
6. 致：送达，送至。
7. 贡：献也。此句其他版本亦作“此物何足贵”。
8. 感：感受，感触。别经时：离别之后所经历的时光。

迢迢牵牛星[1]，皎皎河汉女[2]。

纤纤擢素手[3]，札札弄机杼[4]。

终日不成章[5]，泣涕[6]零[7]如雨。

河汉清且浅，相去[8]复几许[9]。

盈盈[10]一水间[11]，脉脉[12]不得语。

注释：

1. 迢迢：遥远貌。牵牛星：河鼓三星之一，俗称“牛郎星”，隔银河和织女星相对，是天鹰星座的主星，在银河东。
2. 皎皎：明亮貌。河汉女：指织女星，是天琴星座的主星，在银河西，与牵牛星隔河相对。河汉，即银河。
3. 纤纤：纤细柔长的样子。擢：抽引，拉拔。素：洁白。
4. 札札：象声词，描摹织布声。弄：摆弄，此处指在织布机上忙碌。杼：织布机上的梭子。此两句谓织女白皙柔长的手指，在织布机上来回牵引动作，梭子发出札札的噪声。
5. 章：指布帛上的经纬纹理，这里指整幅的布帛。
6. 涕：眼泪。
7. 零：液体垂落。
8. 去：距离。
9. 复几许：能有多远。
10. 盈盈：水面晶莹、清澈。一说形容织女仪容美好，《文选》六臣注：“盈盈，端丽貌。”
11. 一水：指银河。间：间隔。
12. 脉脉：相视的样子。

回车驾言迈，悠悠涉长道。[1]
四顾何茫茫[2]，东风摇百草。
所遇无故[3]物，焉得不速老。
盛衰各有时，立身苦不早。[4]
人生非金石，岂能长寿考？[5]
奄忽[6]随物化[7]，荣名[8]以为宝。

注释：

1. 回车：掉转车头，回转其车。回，转。驾：象声词。言：语助词。迈：远行。悠悠：邈远无尽的样子。涉：泛指渡水，引申为经历。涉长道：在漫长的道路上行进。
2. 茫茫：辽阔旷远之状。
3. 故：旧，过去的，原来的。
4. 各有时：约同于“各有其时”，兼指百草和人生而言。立身：犹言树立一生的事业基础。早：指盛时。
5. 金，言其坚。石，言其固。考：老也。
6. 奄忽：急遽。
7. 随物化：指死亡。
8. 荣名：荣禄和功名。

东城高且长，逶迤[1]自相属[2]。　逶迤：音委移。
回风动地起[3]，秋草萋已绿[4]。
四时更[5]变化，岁暮一何速！
晨风[6]怀苦心[7]，蟋蟀伤局促[8]。
荡涤[9]放情志，何为自结束[10]！
燕赵[11]多佳人，美者颜如玉[12]。
被[13]服罗衣裳，当户理[14]清曲。
音响一何悲！弦急知柱促。
驰情[15]整中带[16]，沉吟聊[17]踯躅。　踯躅：音掷触，行不进也。
思为双飞燕，衔泥巢君屋。

注释：

1. 逶迤：曲折而绵长的样子。
2. 属：连续不断。
3. 回风：回旋的风，旋风。动地起：言风力强劲，有卷地之力。
4. 萋已绿：亦作“绿已萋”，秋风萧瑟，草的绿意已暗淡摇落。
5. 更：替。
6. 晨风：即鹯鸟，一种猛禽，鸟纲鹫鹰目，隼类。
7. 怀苦心：忧心忡忡，心思悲苦。
8. 《诗经·豳风·七月》：“七月在野，八月在宇，九月在户，十月蟋蟀入我床下。”此时秋意浓厚，蟋蟀的生命也所剩不多了。借晨风与蟋蟀，来喻指生命苦短，转瞬即逝。
9. 荡涤：涤荡，涤除。

10. 自结束：指自我束缚。

11. 燕赵：原指战国时燕、赵二国，后泛指其所在地区，即今河北省北部及山西省西部一带。本诗出，“燕赵”始指美女或舞女歌姬。

12. 如玉：形容肤色洁白。

13. 被：同“披”。亦作“被服罗裳衣”。

14. 理：处理，可理解为表演。

15. 驰情：神往，遐想。

16. 中带：内衣的带子。

17. 聊：姑且，暂且。

驱车上东门[1]，遥望郭北[2]墓。
白杨何萧萧，松柏夹广路。
下有陈死人[3]，杳杳即长暮[4]。
潜寐[5]黄泉下，千载永不寤[6]。
浩浩[7]阴阳移[8]，年命如朝露。
人生忽如寄[9]，寿无金石固。
万岁更相送，圣贤莫能度。[10]
服食求神仙，多为药所误。
不如饮美酒，被[11]服纨与素。

纨：音桓，熟绢也。
素：生绢也。

注释：

1. 上东门：指洛阳城东三道门中位居最北面的那道门。
2. 郭北：城北。洛阳城北的北邙山上，当时为坟墓累累之地。
3. 陈死人：早已死去的人。陈，久。
4. 杳杳：沉寂幽暗貌。即：就，靠近，接近。长暮：长夜。
5. 潜寐：长眠。
6. 寤：醒。
7. 浩浩：形容广大辽阔。
8. 阴阳：古人以春夏为阳，秋冬为阴。时光一去，如大江流未央，势不可当，浩浩茫茫。
9. 忽：匆忙，急遽。寄：旅居，暂住。
10. 现行版本也作“万岁更相迭，贤圣莫能度”。自古至今，岁月推移，生生死死，交替往复，即使圣贤也无从摆脱这一铁律。
11. 被：同“披”，穿戴。

去者日以疏，生者日以亲。[1]

出郭门直视，但见邱与坟。[2]

古墓犁为田，松柏摧为薪。[3]

白杨多悲风，萧萧愁杀人。[4]

思还故里闾[5]，欲归道无因。

注释：

1.“去者”与“生者”，指正消失和新生的万物。日以疏：渐行渐远。日以亲：日渐熟稔。亲，亲近，熟悉。

2. 郭门：外城的城门。但：仅，只。邱：同“丘”。外城门外，触目皆是荒丘坟场。

3. 犁：翻土用的农具，此处指用犁耕田。摧：摧毁，折断。古墓已被犁平，更作田地耕种。墓上所植松柏，也悉被斫断，用作人家柴薪。

4. 白杨：常种植在坟场陵墓之间。死者长已矣，放眼藉藉坟场，惟余白杨萧萧，飒飒凄凉，令人悲不能胜。

5. 故里闾：指故乡。里，古代五家为邻居，二十五家为里，后来泛指居所，凡是人户聚居的地方通称“里”。闾，本义为里巷的大门。

生年不满百，常怀千岁忧[1]。

昼短苦夜长，何不秉[2]烛游！

为乐当及时，何能待来兹[3]？

愚者爱惜费[4]，但为后世嗤[5]。

仙人王子乔，难可与等期[6]。

王子乔：古代传说中之神仙。

注释：

1. 千岁：多年，时间很长。人生在世只有区区几十载，心中却常承载足以铺陈千年的忧虑与烦恼。
2. 秉：拿着，握着。
3. 来兹：就是“来年”。时既不我待，行乐须及时，怎可空等到来年，虚掷这中间许多光阴？
4. 费：钱财。
5. 嗤：讥笑，嘲笑。
6. 期：本义为约会、约定，这里引申为期待、等待。

凛凛岁云暮[1]，蝼蛄夕鸣悲[2]。
凉风率已厉[3]，游子寒无衣。
锦衾遗洛浦，同袍与我违。[4]
独宿累长夜，梦想见容辉。[5]
良人惟昔欢，枉驾惠前绥。[6]
愿得常巧笑[7]，携手同车归。
既来不须臾[8]，又不处重闱。
亮无晨风翼[9]，焉能凌风飞？
眄睐[10]以适[11]意，引领[12]遥相睎[13]。
徙倚[14]怀感伤，垂涕沾[15]双扉[16]。

绥：车索也。

睎：音希，望也。

注释：

1. 凛凛：言寒气刺骨。凛，寒冷。云：语助词，“将”的意思。
2. 蝼蛄：一种昆虫，夜喜就灯光飞鸣，声如蚯蚓。时至岁末，寒意凛冽逼人，百虫或藏或僵，只听得蝼蛄彻夜飞鸣，悲声百转不绝。
3. 率：都。厉：猛烈。秋风已扫荡四合，处处都已秋意浓重了。
4. 锦衾：锦缎的被子。同袍：古时用作夫妻间的互称。崭新明耀的绣被还没有在婚床上铺盖多久，良人便出门远去谋求事业，与我长相分离。
5. 累：积累，增加。容辉：指容颜。夜复一夜，独宿空房，心魂不能安，遂在梦中见到了良人的模样。

6. 良人：古代妇女对丈夫的尊称。惟：思也。枉：屈也。惠：给予恩惠，赐予。绥：助人上车的绳索。此处犹在梦中。梦中仍与夫君欢洽于往日的眷眷深情，而夫君依稀还是初来迎娶时的样子。

7. 巧笑：《诗经·卫风·硕人》："巧笑倩兮，美目盼兮。"喻指女子美的姿态。

8. 来：指良人入梦。须臾：指极短的时间。

9. 亮：信也。晨风：即鹯鸟，飞得最为迅疾。

10. 眄睐：斜视，斜睨。

11. 适：宽慰。

12. 引领：伸着脖子远望。

13. 睎：远望，眺望。

14. 徙倚：徘徊，来回地走。

15. 沾：濡湿。

16. 扉：门扇。

蟾兔：月也。

孟冬[1]寒气至，北风何惨栗[2]。
愁多知夜长，仰观众星列。
三五明月满，四五蟾兔缺。[3]
客从远方来，遗我一书札。
上言长相思，下言久离别。
置书怀袖中，三岁字不灭。
一心抱区区[4]，惧君不识察。

注释：

1. 孟冬：每年冬季的第一个月，即农历十月，含二十四节气中的立冬、小雪两个节气。
2. 惨栗：酷寒，甚寒。旷日独居的女子对季节的迁移和时序的变化，内心是格外敏感的。又到岁暮，又是北风，心情和这时节一样冷彻。
3. 三五：农历月十五。四五：农历月二十。蟾兔：代指月亮。十五月圆，二十月缺，月相轮番更替，韶华悄然流远，而所思之人仍未归。
4. 区区：忠诚，爱恋。

客从远方来，遗我一端绮[1]。
相去万余里，故人心尚尔[2]。
文采双鸳鸯，裁为合欢被。
著以长相思[3]，缘以结不解[4]。
以胶投[5]漆中，谁能别离[6]此？

注释：

1. 遗：给予，馈赠。一端：半匹。古人以二丈为一端，两端为一匹。绮：绫罗一类的丝织品。
2. 故人：古时习用于朋友，此指久别的“丈夫”。尚：犹也。尔：如此。
3. 著：往衣衫被褥中填装丝绵谓之“著”。绵为“长丝”，谐音“思”。傅录少“思”字。
4. 缘：饰边，镶边。解：分离，断开。在被子四边连缀以丝线，使其紧密连接。缘与“姻缘”的“缘”音同，故云“缘以结不解”。
5. 投：本义为投掷，这里是加入、混合的意思。
6. 别离：分开。

明月何皎皎[1]，照我罗床帏[2]。

忧愁不能寐，揽衣起徘徊。[3]

客[4]行虽云乐，不如早旋归[5]。

出户独彷徨，愁思当告谁！[6]

引领还入房，泪下沾衣裳。[7]

注释：

1. 皎：洁白明亮。
2. 罗床帏：指用罗制成的床帐。
3. 寐：入睡。揽衣：披上衣裳。揽，取。忧思缠身，夜不能寐，披衣而起，在房间里来回踱步。
4. 客：这里指诗人自己。
5. 旋归：回归，归家。旋，回转。
6. 彷徨：茫然无措，犹豫不决。走出房门，在月下独自彷徨，满心的郁结应当向谁倾诉呢？
7. 引：伸。领：脖颈。衣裳：裳，下衣，指古人穿的遮蔽下体的衣裙。竭力伸颈远望，终究前路茫茫，只能转回房间，一任泪水打湿了衣裳。

与苏武诗三首[1]

汉　李陵（少卿）

良时不再至，离别在须臾[2]。
屏营[3]衢[4]路侧，执手野踟蹰[5]。
仰视浮云驰，奄忽[6]互相逾。
风波一失所，各在天一隅。
长当从此别，且复立斯须[7]。
欲因晨风发，送子以贱躯。

注释：

1. 学界较普遍的看法是，此三首诗为汉代无名氏文人假托“李陵”所作。它们与假托“苏武”所作的四首诗，被合称为“苏李诗”。
2. 须臾：很短的时间，片刻之间。相聚的美好时光一去不返，而分离的时刻已迫在眉睫。
3. 屏营：彷徨。
4. 衢：道路。
5. 踟蹰：徘徊。与友人徘徊在野草萋萋的道路岔口，执手相看，久久不忍分别。
6. 奄忽：疾速，急剧。
7. 斯须：片刻，一会儿。此两句以浮云吹散喻友人离别。

嘉会难再遇，三载为千秋。
临河濯长缨[1]，念子怅悠悠。
远望悲风至，对酒不能酬。
行人怀往路，何以慰我愁？
独有盈觞酒[2]，与子结绸缪[3]。

注释：

1. 长缨：指驾车时套在马颈上的长革带。
2. 盈觞酒：倒满酒杯。
3. 绸缪：指缠绵难解的深情厚意。

携手上河梁，游子暮何之[1]？

徘徊蹊路侧，悢悢不得辞[2]。

行人难久留，各言长相思。

安知非日月，弦望自有时。

努力崇明德，皓首以为期。

注释：

1. 之：去，往。

2. 悢悢：悲伤，怅恨。不得辞：不能够分离。

古诗四首[1]

汉　苏武（子卿）

骨肉缘枝叶，结交亦相因。[2]
四海皆兄弟，谁为行路人。
况我连枝树[3]，与子同一身。
昔为鸳与鸯，今为参与辰[4]。
昔者常相近，邈若胡与秦[5]。
惟念当离别，恩情日以新。
鹿鸣[6]思野草，可以喻嘉宾。
我有一樽酒，欲以赠远人。
愿子留斟酌，叙此平生亲。

注释：

1. 此四首五言相传为苏武和李陵彼此赠答所作，但目前学界认为此系传言不实，真正作者已不可考，大致为东汉末年时期的文人所作。
2. 缘：凭借，凭依。因：亲，亲近。
3. 连枝树：不同根而枝叶相连的树。
4. 参与辰：指参星和辰星，分别位于天空的西方和东方，各自出没、从不相见。因用以比喻彼此隔绝，素不谋面。
5. 胡与秦：古时西域称中国为“秦”。胡与秦指中国和西北边塞地区，比喻相隔遥远。
6. 鹿鸣：《诗经·小雅》有《鹿鸣》篇，是一首飨宴宾客的诗。

黄鹄一远别，千里顾徘徊。
胡马失其群，思心常依依。[1]
何况双飞龙，羽翼临当乖[2]。
幸有弦歌曲，可以喻中怀。[3]
请为游子吟[4]，泠泠[5]一何悲。
丝竹清厉[6]声，慷慨有余哀。
长歌[7]正激烈，中心怆以摧。
欲展清商曲[8]，念子不能归。
俯仰内伤心，泪下不可挥。
愿为双黄鹄，送子俱远飞。

注释：

1. 依依：留恋不舍的样子。以上四句言鸟兽分别尚不免缱绻不舍。
2. 乖：分离，别离。
3. 喻：说明，使人了解。中怀：心中的想法或感受。
4. 游子吟：或指琴曲《楚引》。《琴操》云："《楚引》者，楚游子龙丘高出游三年，思归故乡，望楚而长叹，故曰《楚引》。"
5. 泠泠：形容声音清脆激越。
6. 厉：强烈，猛烈。
7. 长歌：乐府歌有《长歌行》《短歌行》，据《乐府解题》，二者分别在歌声的长短。长歌慷慨激烈，短歌浅吟低回。
8. 清商曲：乐府短歌之一种。曹丕《燕歌行》："援琴鸣弦发清商，短歌微吟不能长。"

结发[1]为夫妻，恩爱两不疑。
欢娱在今夕，嬿婉及良时[2]。
征夫怀往路，起视夜何其。[3]
参辰[4]皆已没，去去从此辞[5]。
行役[6]在战场，相见未有期。
握手一长叹，泪为生别滋[7]。
努力爱春华[8]，莫忘欢乐时。
生当复来归，死当长相思。

注释：

1. 结发：指男女成年。古代男子年二十束发加冠，女子年十五岁束发加笄。
2. 嬿婉：两情相洽欢合。及：趁着。
3. 怀往路：想着出行的事。往：去，上。夜何其：语出《诗经·庭燎》："夜如何其？"意为"夜晚何时？"其：语助词。
4. 参：星名，每天傍晚出现于西方。辰：星名，每天黎明前出现于东方。参辰：指星宿。
5. 辞：辞别，分手。
6. 行役：即役行，指奉命远行。
7. 生别：即生离。滋：益，多。
8. 爱：珍重。春华：青春，比喻少壮时期。

烛烛[1]晨明月，馥馥秋兰芳。　　烛：照也。
芬馨良夜发，随风闻我堂。
征夫怀远路，游子恋故乡。
寒冬十二月，晨起践[2]严霜。
俯观江汉流，仰视浮云翔。
良友远离别，各在天一方。
山海隔中州，相去悠且长。
嘉会难再遇，欢乐殊未央[3]。
愿君崇令德[4]，随时爱景光。

注释：

1. 烛烛：明亮的样子。下句傳录为“我兰芳”。
2. 践：踩踏，践踏。
3. 央：尽。
4. 崇令德：修炼自己的美好品德使其更加高尚。

短歌行

魏武帝

杜康：古酿酒者。

对酒当歌[1]，人生几何[2]。
譬如朝露，去日苦多。
慨当以慷[3]，忧思难忘。
何以解忧？唯有杜康[4]。
青青子衿，悠悠我心。
但为君故，沉吟至今。[5]
呦呦鹿鸣，食野之苹。
我有嘉宾，鼓瑟吹笙。[6]
明明如月，何时可掇[7]？
忧从中来，不可断绝。
越陌度阡，枉用相存。[8]
契阔谈讌[9]，心念旧恩。
月明星稀，乌鹊南飞。
绕树三匝[10]，何枝可依。
山不厌高，海不厌深。[11]
周公吐哺[12]，天下归心。

注释：

1. 对酒当歌：酒樽在手，应当痛饮高歌。

2. 几何：多少。

3. 慨当以慷：犹言“当慨而慷”，指宴会上的歌声高亢激昂。

4. 杜康：相传是最早造酒的人，这里代指酒。

5. “青青”二句出自《诗经·郑风·子衿》，原写姑娘思念情人，这里引申比喻渴望得到有才学的人。青衿：周代读书人的服装，这里指代有学识的人。悠悠：思念貌，忧思貌。沉吟：深思吟味。

6. “呦呦”四句出自《诗经·小雅·鹿鸣》。呦呦：鹿的叫声。苹：艾蒿，傅录为“苹”。鼓：弹。

7. 掇：拾取，摘取。一说掇通“辍”，停止。

8. 越陌度阡：穿过纵横交错的小路。陌，东西向的小路。阡，南北向的小路。枉用相存：屈驾来访。用，以。存，问候，思念。

9. 契阔：“契”是投合，“阔”是疏远，这里是偏义复词，偏用“契”的意义。讌：通“宴”，宴饮。

10. 三匝：三周。匝，周、圈。

11. 《管子·形势解》中道：“海不辞水，故能成其大；山不辞土，故能成其高；明主不厌人，故能成其众；士不厌学，故能成其圣。”此处意指希望尽可能多地吸纳英才。

12. 《史记》载周公自谓：“一沐三捉发，一饭三吐哺，起以待士，犹恐失天下之贤人。”哺：口中咀嚼的食物。

苦寒行

魏武帝

北上太行山[1]，艰哉何巍巍[2]！
羊肠阪诘屈[3]，车轮为之摧[4]。
树木何萧瑟，北风声正悲。
熊罴[5]对我蹲，虎豹夹路啼。
溪谷少人民，雪落何霏霏[6]！
延颈[7]长叹息，远行多所怀[8]。
我心何怫郁[9]，思欲一东归[10]。
水深桥梁绝，中道正徘徊。
迷惑失故路，薄暮无宿栖[11]。
行行日已远，人马同时饥。
担囊行取薪[12]，斧冰持作糜[13]。
悲彼东山诗[14]，悠悠使我哀。

毛诗曰：我徂东山，滔滔不归。

注释：

1. 太行山：绵延于山西、河北、河南三省交界处的大山脉。
2. 何：多么。巍巍：高大壮观的样子。
3. 羊肠阪：在壶关（今山西长治东南）东南，以坂道盘旋弯曲如羊肠得名。阪，同“坂”，斜坡。诘屈：曲折盘旋。
4. 摧：毁坏，折断。

5. 罴：熊的一种，又叫马熊或人熊。

6. 霏霏：雪下得很盛的样子。

7. 延颈：伸长脖子（远眺）。

8. 怀：怀恋，心事。

9. 怫郁：忧郁愁闷。

10. 东归：指返归故乡谯县。

11. 宿栖：休息之处。

12. 担囊：挑着行李。行取薪：边走边拾柴。

13. 斧冰：以斧凿冰取水。糜：稀粥。

14. 东山诗：《东山》是《诗经》篇名。

杂诗[1]二首

魏文帝

漫漫秋夜长，烈烈[2]北风凉。
展转不能寐[3]，披衣起彷徨[4]。
彷徨忽已久，白露沾我裳。
俯视清水波，仰看明月光。
天汉[5]回西流[6]，三五[7]正纵横。
草虫鸣何悲，孤雁独南翔。
郁郁多悲思，绵绵思故乡。
愿飞安得翼，欲济[8]河无梁[9]。
向风长叹息，断绝我中肠[10]。

注释：

1. 以“杂诗”为题，始于建安时期。《文选》李善注：“杂者，不拘流例，遇物即言，故云杂也。”即是说，触物兴感，随兴寓言，总杂不类，是故题为“杂诗”，可视同“无题”，赋物言情，自由不拘。
2. 烈烈：寒冷貌。
3. 展转：翻来覆去不得安睡。寐：入睡。
4. 彷徨：徘徊，犹豫不决，心神不定。
5. 天汉：指银河。
6. 西流：指银河由西南转而向正西流转，表示夜已深沉。
7. 三五：三指心星，五指噣星。
8. 济：渡。
9. 梁：桥。
10. 中肠：腹中之肠，指内心，喻心怀愁苦之甚。

吴会：今江浙一带。

西北有浮云，亭亭如车盖[1]。
惜哉时不遇[2]，适[3]与飘风会。
吹我东南行，南行[4]至吴会[5]。
吴会非我乡，安能久留滞[6]。
弃置勿复陈[7]，客子常畏人[8]。

注释：

1. 亭亭：高耸而无所依的样子。车盖：车上的伞盖。
2. 时不遇：没能遇到好时机。
3. 适：正值，恰巧。
4. 南行：又作“行行”，走了又走，极言漂泊之远。
5. 吴会：指吴郡与会稽郡，今江浙一带。
6. 滞：停留。此句现行版本亦作“吴会非吾乡”。
7. “弃置勿复陈”为乐府诗套语。陈，叙说，陈说。
8. 客子：旅居他乡的人。畏人：担心为人所欺。

杂诗二首

晋　曹植（子建）

西北有织妇[1]，绮缟何缤纷[2]。
明晨秉机杼，日昃不成文。[3]
太息终长夜，悲啸入青云。
妾身守空闺，良人[4]行从军。
自期三年归，今已历九春[5]。
飞鸟绕树翔，噭噭[6]鸣索群。
愿为南流景[7]，驰光见我君。

昃：读如则，日过午也。

噭：读如交，呼号声，哭声。

注释：

1. 织妇：织女星。
2. 绮缟：有花纹的绢。缤纷：繁盛状。
3. 明晨：清晨。日昃：午后。
4. 良人：丈夫。
5. 九春：李善注："一岁三春，故以三年为九春，言已过期也。"一说，九春即九年。
6. 噭噭：鸟悲鸣声。
7. 景：日光。我愿是那日光向南飞驰，奔赴夫君所在之处与他相会。

南国有佳人，容华若桃李。

朝游江北岸，夕宿潇湘沚[1]。

时俗薄朱颜，谁为发皓齿？[2]

俯仰[3]岁将暮，荣耀[4]难久恃。

注释：

1. 沚：水中陆地。潇湘：两水名，均在今湖南省境内。自屈原开启香草美人指代君子的传统，后世文人一路沿袭，曹植亦然。此处以佳人自况，容颜绝代，艳夺桃李，朝游江北沿岸，夕宿潇湘水流的小洲中，徘徊无栖止。
2. 朱颜：美好的容颜。只因时俗鄙薄美貌，固然色艺俱佳，又为谁去启齿吟唱？
3. 俯仰：俯仰之间，形容时间的短暂。
4. 荣耀：指女子青春韶华之时焕发的光彩荣华。

七哀诗[1]

曹　植

明月照高楼，流光正徘徊。
上有愁思妇，悲叹有余哀[2]。
借问叹者谁？言是客子[3]妻。
君行逾十年，孤妾常独栖。
君若清路尘，妾若浊水泥。[4]
浮沉各异势[5]，会合何时谐？
愿为西南风，长逝[6]入君怀。
君怀良[7]不开，贱妾当何依？

流光：光阴也。
又水月之光照也。

注释：

1. “七哀”作为一种乐府新题，起于汉末。曹植《七哀》是闺怨诗，亦可能借此“讽君”，希冀曹丕能追念骨肉之谊少予宽待，乃借思妇之语以申喻己意。
2. 余哀：无穷尽的悲哀。
3. 客子：亦作“宕子”，即荡子，指去乡远游久不归之人。
4. 清：形容路上尘。浊：形容水中泥。
5. 比喻夫妇（或兄弟）本是一体，如今地位（势）已然不同了。
6. 逝：去，往。
7. 良：很久，早已。

箜篌引[1]

曹　植

置酒高堂[2]上，亲友从我游。
中厨[3]办丰膳[4]，烹羊宰肥牛。
秦筝[5]何慷慨[6]，齐瑟[7]和且柔。
阳阿[8]奏奇舞，京洛出名讴[9]。
乐饮过三爵[10]，缓带[11]倾庶羞[12]。
主称千金寿[13]，宾奉万年酬[14]。
久要不可忘[15]，薄终义所尤[16]。
谦谦君子德，磬折欲何求[17]？
惊风[18]飘[19]白日，光景[20]驰西流。
盛时[21]不可再，百年[22]忽我遒。
生存华屋[23]处，零落[24]归山丘。
先民[25]谁不死，知命[26]复何忧？

阳阿：古之名倡，善和，因有阳阿歌。

庶羞：各种美味也。

久要：历久之要约也。

遒：音酋，尽也，迫也，近也，聚也，健也，劲也。

注释：

1. 箜篌引：乐府诗题名，属《相和歌·瑟调曲》。据崔豹《古今注》载："《箜篌引》，朝鲜津卒霍里子高妻丽玉所作也。"曹植借此题写意，与原诗无关。箜篌，乐器名，出自西域，古代一种弦乐器，形状似瑟而较小，弦数不一，少至五根，多至二十五根，用木拨弹奏。
2. 高堂：一作"高殿"，崇高的殿堂，指曹植自己所居的侯王宫殿。

3. 中厨：厨房内。

4. 丰膳：丰盛的膳食。

5. 秦筝：乐器名，形如瑟，相传为秦人蒙恬所造。

6. 慷慨：指秦筝声调激昂。

7. 齐瑟：瑟是古代弦乐器，种类繁多，其弦多者有五十根，少者十几根。《战国策·齐策》载，苏秦曾云："临淄其民无不鼓瑟也。"故称齐瑟。

8. 阳阿：此处借指擅舞者。

9. 京洛：京都洛阳。名讴：名曲。讴，歌曲。

10. 过：超过。爵：古代的一种酒器。

11. 缓带：放松衣带，借指随心所欲不受拘束的状态。

12. 倾：倾尽，用尽。庶：众多。羞：同"馐"，美味。

13. 寿：以金帛赠人表示敬意叫寿。《史记·鲁仲连邹阳列传》："平原君乃置酒，酒酣以千金为连寿。"称：举。

14. 奉：献。酬：酬谢，答谢。

15. 语出《论语·宪问》："久要不忘平生之言，亦可以为成人矣。"要，通"邀"。

16. 尤：责备。

17. 磬折：弯腰鞠躬的样子，表示恭敬。

18. 惊风：疾风，劲风。

19. 飘：飘逝。

20. 光景：指白日，即太阳，这里特指时光。

21. 盛时：盛壮之时。

22. 百年：指人的一生。

23. 华屋：华丽的房屋。

24. 零落：指人事凋零衰落，这里指死亡。

25. 先民：过去的人。

26. 知命：明白生死的道理。《易经·系辞》："乐天知命故不忧。"

送应氏诗二首

曹　植

北邙：山名，在河南洛阳北。

擗：音霹，折也。

耆：音祁，老也。六十曰耆。

阡陌：田间小路也。东西曰阡，南北曰陌。

步登北邙坂[1]，遥望洛阳山。
洛阳何寂寞，宫室尽烧焚[2]。
垣墙皆顿擗[3]，荆棘上参天[4]。
不见旧耆老，但睹新少年。
侧足无行径，荒畴不复田[5]。
游子久不归，不识陌与阡。
中野何萧条，千里无人烟。
念我平常居，气结不能言。[6]

注释：

1. 坂：山坡。
2. 初平元年（190），董卓挟汉献帝迁都长安，将洛阳的宗庙宫室悉数焚毁。
3. 顿擗：崩裂，坍塌。
4. 参天：高耸至空中。荆棘参天，可见此地之荒凉破败。
5. 畴：田亩。田：动词，耕种。
6. 举目荒凉，渺无人烟，思及往昔邻里亲好，哽咽难言。

清时[1]难屡得，嘉会[2]不可常。
天地无终极，人命若朝霜。
愿得展嬿婉[3]，我友之[4]朔方。
亲友并集送，置酒此河阳[5]。
中馈岂独薄？宾饮不尽觞。
爱至望苦深，岂不愧中肠？
山川阻且远，别促会日长。[6]
愿为比翼鸟，施翮[7]起高翔。

朔方：地名，在内蒙古。诗人常以泛指北方。

中馈：饮食。

注释：

1. 清时：太平之时，黄河变清，叫清时。
2. 嘉会：欢会，美好的聚会。
3. 嬿婉：欢乐。
4. 之：去，往。
5. 河阳：孟津渡，在今河南省孟津东、孟州市西南。
6. 山川阻隔，路途遥远，别离在即，再会之时遥遥无期。
7. 施翮：展翅。

公讌诗[1]

曹植

公子[2]敬爱客，终宴不知疲。
清夜游西园[3]，飞盖[4]相追随。
明月澄清景[5]，列宿正参差[6]。
秋兰被长坂，朱华冒绿池。[7]
潜鱼跃清波，好鸟鸣高枝。
神飚接丹毂[8]，轻辇[9]随风移。
飘飖放志意，千秋长若斯。[10]

注释：

1. 公讌：即“公宴”，群臣受邀侍宴。
2. 公子：指曹丕。
3. 西园：在邺城（今河北临漳）西。一说指玄武苑。
4. 飞盖：指行进飞快的车。
5. 景：指月光。
6. 列宿：众星。参差：杂乱不齐。
7. 被：覆盖。长坂：斜坡。朱华：芙蓉。冒：覆盖。
8. 飚：回风。丹毂：用红色涂饰的毂。毂，车轮中心的圆木。
9. 辇：古代用人拉着行进的车子，后多指皇室和贵族所用的车。
10. 飘飖：形容形神散漫，驰思高远。千秋：千年。若斯：如此。

咏怀诗[1]

晋　阮籍（嗣宗）

夜中不能寐，起坐弹鸣琴。[2]
薄帷[3]鉴[4]明月，清风吹我衿。
孤鸿[5]号[6]外野，朔鸟鸣北林[7]。
徘徊将何见？忧思独伤心。

注释：

1. 阮籍所作《咏怀诗》八十二首，傅雷所选为其一、其六、其十七。阮籍，字嗣宗，魏晋之际诗人，陈留（今属河南）尉氏人，竹林七贤之一。曾任步兵校尉，世称阮步兵。性疏狂不羁，崇奉老庄之学。
2. 此化用王粲《七哀诗》："独夜不能寐，摄衣起抚琴。"夜已深沉，仍不能入睡，遂起身坐而弹琴。夜中：中夜，半夜。
3. 帷：帷幕，帐幔。
4. 鉴：照。
5. 孤鸿：失群的大雁。
6. 号：鸣叫，哀号。
7. 朔鸟：一作"翔鸟"。北林：北边的山林。《诗经·秦风·晨风》："鴥彼晨风，郁彼北林。未见君子，忧心钦钦。如何如何，忘我实多！"

美少年应改为
媚少年。

天马出西北，由来从东道。
春秋非有托[1]，富贵焉常保[2]。
清露被皋[3]兰，凝霜沾野草。
朝为美少年，夕暮成丑老。
自非王子晋[4]，谁能常美好。

注释：

1. 托：凭借，依靠。
2. 保：保持，守持。
3. 皋：水边的高地。
4. 王子晋：即王子乔，传说中的仙人。汉刘向《列仙传·王子乔》："王子乔者，周灵王太子晋也，好吹笙作凤凰鸣。游伊洛间，道士浮丘公接上嵩高山。三十余年后，求之于山上，见柏良曰：'告我家：七月七日待我于缑氏山巅。'至时，果乘鹤驻山头，望之不可到。举手谢时人，数日而去。"又谓，王子乔曾至钟山，获《九化十变经》，以隐遁日月，游行星辰，后以疾终。其墓在景陵，战国时有发其墓者，见一剑，正要取视，其剑"忽然上飞去"。事见《太平御览》卷六六五。

独坐空堂上，谁可与欢者？

出门临永路[1]，不见行车马。

登高望九州，悠悠分旷野。

孤鸟西北飞，离兽[2]东南下。

日暮思亲友，晤言用自写[3]。

注释：

1. 临：对着。永路：长路。

2. 离兽：失群无依的孤兽。

3. 晤言：对坐而谈。晤，对。用自写：以自我排解忧愁。用，以。写，消除。

怨歌行[1]

汉　班婕妤

新制齐纨素[2]，皎洁如霜雪。
裁为合欢扇[3]，团团似明月。
出入君怀袖[4]，动摇微风发。
常恐秋节至，凉风[5]夺炎热。
弃捐箧笥中[6]，恩情中道绝[7]。

注释：

1. 怨歌行：属乐府《相和歌·楚调曲》。该诗为宫怨诗，传为班婕妤所作。
2. 齐纨素：齐地出产的精细丝绢。汉时齐地所产丝织品质地上乘，享誉四海。素，生绢。此句现行版本亦作“新裂齐纨素”。裂，截断。
3. 合欢扇：绘有或绣有合欢图案的团扇。合欢图案象征和合欢乐。
4. 怀袖：胸口和袖口，这里是说随身携带合欢扇。
5. 凉风：现行版本亦作“凉飙”。
6. 捐：弃。箧笥：竹编的箱子，用以储物。
7. 恩情：恩爱之情。中道绝：中途断绝。

善哉行

魏文帝

上山采薇，薄暮苦饥。
溪谷多风，霜露沾衣。
野雉群雊[1]，猴猿相追。
还望故乡，郁何垒垒[2]！
高山有崖，林木有枝。
忧来无方[3]，人莫之知。
人生如寄，多忧何为？
今我不乐，岁月如驰。
汤汤中流[4]，中有行舟。
随波回转[5]，有似客游。
策我良马，被我轻裘。
载驰载驱，聊以忘忧。

注释：

1. 雊：野鸡叫。
2. 垒垒：重叠，堆积。
3. 无方：无限，无极。
4. 汤汤：水流浩大、水势湍急的样子。现行版本亦作“汤汤川流”。
5. 现行版本亦作“随波转薄”。薄，通“泊”。

归园田居三首

晋　陶潜（渊明）

少无适俗韵[1]，性本爱邱山[2]。
误落尘网[3]中，一去三十年[4]。
羁鸟恋旧林，池鱼思故渊。[5]
开荒南野际，守拙归园田。[6]
方宅[7]十余亩，草屋八九间。
榆柳荫后檐，桃李罗堂前。[8]
暧暧远人村，依依墟里烟。[9]
狗吠深巷中，鸡鸣桑树巅。
户庭无尘杂，虚室有余闲。[10]
久在樊[11]笼里，复得返自然。

暧暧：音爱爱。昏昧貌。

注释：

1. 少：指少年时代。适俗：适应世俗。韵：气质，性格。《晋书·王坦之传》："人之体韵，犹器之方圆。"
2. 邱山：即丘山，指山林。自幼便无逐流世俗之气，本性只钟情于林木河山。
3. 尘网：指从政生涯如罗网般，束缚了性情。
4. 三十年：十年之夸词。十而称三十，古有其例，如《史记·匈奴传》："秦灭六国，而始皇帝使蒙恬将十万之众，北击胡。"《蒙恬传》称："乃使蒙恬将三十万众，北逐戎狄。”可证。出仕十余年而言三十，极言其漫长。有人也认为是“十三年”之误（陶渊明做官十三年）。

5. 羁鸟：笼中鸟。池鱼：池中鱼。鸟恋旧林、鱼思故渊，喻指怀恋故乡，渴求回归本真。

6. 南野：南面的田野。际：间。守拙：固守节操，不用机巧，返璞归真之意也。

7. 方宅：宅地所占面积。

8. 荫：荫蔽。罗：罗列。

9. 暧暧：迷蒙隐约状。依依：形容炊烟轻柔缓慢地飘升。

10. 户庭：门户庭院。虚室：空室。

11. 樊：藩篱。

鞅：马颈革，所以负轭者。

墟曲：小市集也。

我土：一作我志。

野外罕人事[1]，穷巷寡轮鞅[2]。
白日掩荆扉[3]，虚室绝尘想[4]。
时复墟曲[5]中，披草[6]共来往。
相见无杂言[7]，但道桑麻长。
桑麻日已长，我土日已广。
常恐霜霰至，零落同草莽。[8]

注释：

1. 罕：少。人事：指和俗人结交往来的事。陶诗中的“人事”“人境”，均指尘俗烦扰之意。
2. 穷巷：偏僻的里巷。轮鞅：指车马。
3. 荆扉：柴门。
4. 尘想：世俗之念。
5. 墟曲：乡野。曲，隐僻的地方。
6. 披：拨开。草：指草衣，用草编制的衣服。
7. 杂言：尘杂之言，指做官求仕谋取功名利禄等言论。
8. 霰：雪粒。莽：草。

种豆南山[1]下，草盛豆苗稀。
晨兴理荒秽[2]，带月荷锄[3]归。
道狭草木长，夕露沾我衣。[4]
衣沾不足惜，但使愿无违。[5]

注释：

1. 南山：指庐山。此处既是即事，也是用典。典出《汉书·杨恽传》："田彼南山，芜秽不治。种一顷豆，落而为萁。人生行乐耳，须富贵何时！"
2. 荒秽：指田中杂草。
3. 荷锄：扛着锄头。
4. 狭：狭窄。草木长：草木枝叶纷披的情状。夕露：傍晚时候下来的露水。沾：濡湿，打湿。拂晓即起身去清理田间芜杂的野草，向晚则披着月光扛着锄头回家。小路狭窄，两旁草木纷长，几欲遮蔽路面，穿行其间，枝叶上的露水打湿了衣裾。
5. 愿：不为五斗米折腰、不与世俗同流合污的意愿。衣裳被露水打湿不足以介怀，只要能顺从自己的心意，在田园间回归本真就可以了。

移居二首[1]

陶　潜

素心：心地洁白也。

昔欲居南村，非为卜其宅。[2]
闻多素心人，乐与数晨夕。[3]
怀此颇有年，今日从兹役。[4]
敝庐[5]何必广，取足蔽床席。
邻曲时时来，抗言谈在昔。[6]
奇文共欣赏，疑义相与析。[7]

抗言：真言也。

注释：

1. 义熙四年（408）六月，陶渊明隐居上京的居所失火，只得栖身于船上；一年多以后，移居浔阳郊外的南村。此诗当是移居后不久所作。
2. 南村：又名南里，在浔阳负郭。卜宅：询占问卜测宅之吉凶。此两句自道夙有愿想迁居南村，但并非因为那里的宅地好。
3. 素心：指心性纯朴的人。数：屡。晨夕：朝夕相见。听说南村有很多朴素淳善的人，所以特别乐意与他们朝夕共处。
4. 颇有年：已有多年。兹役：指移居一事。
5. 敝庐：简陋的房屋。
6. 邻曲：邻居。抗：同“亢”，高。抗言：抗直之言，高谈阔论，说话无所顾忌。在昔：指往事。
7. 析：赏析，剖析。魏晋人喜辩难析理，如《晋春秋》载：“谢安优游山水，以敷文析理自娱。”邻居时常过往相从，共同欣赏奇文，一起剖析疑难，辨析义理。

春秋多佳日，登高赋新诗。

过门更相呼，有酒斟酌[1]之。

农务各自归，闲暇辄相思。

相思则披衣[2]，言笑无厌时。

此理将不胜[3]？无为忽去兹。

衣食当须纪，力耕不吾欺。[4]

不胜：不尽也，
言此乐不尽，
勿舍去之。

注释：

1. 斟：盛酒于勺。酌：盛酒于觞。斟酌：劝人饮酒之意。

2. 披衣：言着衣出门，互相寻访畅谈。

3. 此理：指与邻里互访畅饮长谈之乐事。将不胜：岂不美。

4. 纪：经营。此句谓人务要自营衣食、自谋生路，而努力躬耕，必不辜负。

饮酒

陶潜

结庐[1]在人境[2]，而无车马喧[3]。
问君何能尔[4]？心远地自偏。
采菊东篱下，悠然见南山[5]。
山气日夕佳[6]，飞鸟相与还[7]。
此中有真意，欲辩[8]已忘言。

注释：

1. 结：建造，筑造。庐：简陋的房屋。"结庐"可引申为居住之意。
2. 人境：喧嚣扰攘的尘世。
3. 车马喧：指世俗往来的喧扰。
4. 君：指作者自己。何能尔：为什么能这样。
5. 悠然：闲适淡泊的样子。见：看见，动词。南山：泛指山峰，一说指庐山。
6. 山气：山间的云气。日夕：傍晚。
7. 相与还：结伴而归。
8. 现通行版本为"辨"，指分辨、辨别。

秋菊有佳色，裛[1]露掇[2]其英[3]。
泛此忘忧物[4]，远我遗世情[5]。
一觞虽独进，杯尽壶自倾[6]。
日入群动息[7]，归鸟趋[8]林鸣。
啸傲[9]东轩[10]下，聊复得此生。

注释：

1. 裛：通“浥”，沾湿。
2. 掇：采摘。
3. 英：花。
4. 泛：浮。意即以菊花泡酒。忘忧物：指酒。
5. 遗世情：遗弃世俗的情怀，即隐居。
6. 壶自倾：谓由酒壶往杯中注酒。
7. 群动：各类活动的生物。息：歇息，止息。
8. 趋：归向。
9. 啸傲：谓言动自在，无拘无束。
10. 轩：窗。

清晨闻叩门，倒裳[1]往自开。
问子为谁欤？田父有好怀[2]。
壶浆远见候，疑我与时乖[3]。
褴褛[4]茅檐下，未足为高栖。
一世皆尚同，愿君汩其泥。[5]
深感父老言，禀气寡所谐。[6]
纡辔诚可学，违己讵非迷。[7]
且共欢此饮，吾驾不可回。

注释：

1. 倒裳：衣裳颠倒混乱。因忙着迎客，未及穿戴整齐。
2. 好怀：好心肠。
3. 乖：违背。田夫远道而来携酒问候，问我是否与世道相背而驰，不合于世。
4. 褴褛：衣衫破烂。
5. 尚同：同流合污。汩：搅浑。举世皆浊，何不同其光而扬其尘。
6. 禀气：天赋的气性。秉性中就缺乏与世同流合污的气质。
7. 纡辔：拉着车倒回去。讵：岂。违背本性之事断然不可行。

停云四首并序

陶 潜

停云[1]，思亲友也。樽酒新湛[2]，园列初荣[3]。愿言不从[4]，叹息弥襟[5]。

霭霭[6]停云，濛濛[7]时雨。
八表[8]同昏，平路伊阻[9]。
静寄东轩，春醪独抚。[10]
良朋悠邈，搔首延伫。[11]

注释：

1. 停云：凝滞不动的云。
2. 樽：酒杯。湛：深，盈满之意。现行版本亦作“樽湛新醪”。
3. 初荣：新开的花。
4. 思念亲友而不能如愿。
5. 襟：襟怀，胸次。
6. 霭霭：云密集貌。
7. 濛濛：细雨绵密貌。
8. 八表：八方以外极远处，泛指天地之间。
9. 阻：阻塞不通。
10. 寄：居处，托身。轩：有窗槛的长廊或小室。抚：持。
11. 悠邈：遥远。搔首：挠头，形容等待时的焦灼。延伫：长时间地伫立。

停云霭霭，时雨濛濛。

八表同昏，平陆[1]成江。

有酒有酒，闲饮东窗。

愿言怀人，舟车靡[2]从。

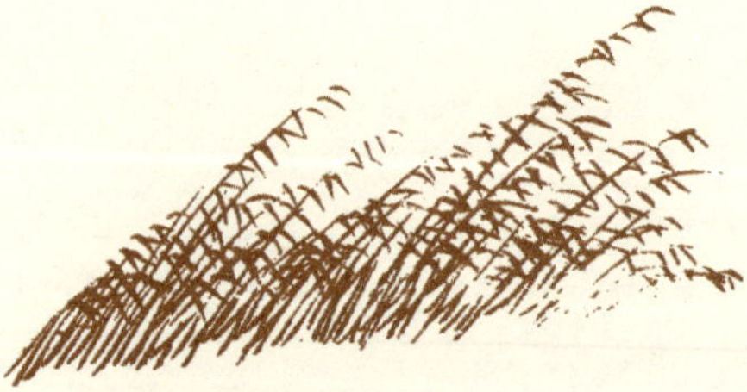

注释：

1. 平陆：平地。
2. 靡：无，不能。

东园之树，枝条再荣[1]。

竞用新好，以招余情。[2]

人亦有言：日月于征[3]。

安得促席[4]，说彼平生。

注释：

1. 荣：茂盛。通行版本此句亦作“枝条载荣”。
2. “竞用”两句，指自然界竞相以其初生新鲜的美好景象，来愉悦我的性情。现行版本此句亦作“以怡余情”。
3. 征：行，流逝。
4. 促席：古人席地而坐，促席即座席彼此相接，指双方坐得很近。促，迫近，逼近。

翩翩[1]飞鸟，息我庭柯[2]。
敛翮[3]闲止[4]，好声相和[5]。
岂无他人，念子实多。
愿言不获，抱恨如何[6]！

注释：

1. 翩翩：鸟飞翔时轻盈貌。
2. 柯：树枝。
3. 翮：鸟翼。敛翮：收敛翅膀。
4. 止：停留。
5. 相和：互相应和。
6. 如何：无可奈何。好鸟相鸣，彼此应和，吾友虽多，惟念一人。遗憾殊甚，不得与子相会。

拟古五首

陶　潜

仲春[1]遘[2]时雨，始雷发东隅[3]。
众蛰各潜骇，草木纵横舒。[4]
翩翩新来燕，双双入吾庐。
先巢故尚在[5]，相将还旧居[6]。
自从分别来，门庭日荒芜。
我心固匪石[7]，君情定如何？

注释：

1. 仲春：阴历二月。
2. 遘：遇，逢。
3. 东隅：东方。古人以东方为春。
4. 众蛰：各种冬眠的动物。蛰，动物冬眠。潜骇：在潜藏处被惊醒。纵横舒：形容草木开始向高处和远处自由舒展地生长。以上四句描写季节变化。《礼记·月令》："仲春之月，始雨水……雷乃发生，蛰虫咸动，启户始出。"
5. 先巢：故巢，旧窝。故：仍旧。
6. 相将：相随，相偕。旧居：指故巢。
7. 我心固匪石：语本《诗经·邶风·柏舟》："我心匪石，不可转也。"固：牢固，坚定不移。匪：非。

迢迢[1]百尺楼，分明望四荒[2]。
暮作归云宅[3]，朝为飞鸟堂[4]。
山河满目中，平原独茫茫。
古时功名士[5]，慷慨争此场[6]。
一旦百岁后，相与还北邙[7]。
松柏为人伐，高坟互低昂[8]。
颓基无遗主[9]，游魂在何方！
荣华诚足贵，亦复可怜伤。

注释：

1. 迢迢：高耸的样子。
2. 分明：清楚状。四荒：四方荒远之地。
3. 归云宅：白云夜晚归宿此楼。形容此楼高耸入云的样貌。
4. 飞鸟堂：飞鸟聚集的厅堂。
5. 功名士：追逐功名利禄之人。
6. 此场：指眼前的山河、平原。
7. 百岁后：去世后。相与：共同，同样。北邙：山名，在今河南洛阳北，东汉、魏、西晋君臣死后多葬于此山。这里泛指墓地。
8. 互低昂：形容坟堆高低错落。昂，高。
9. 颓基：倒塌毁坏了的墓基。遗主：指坟墓的主人，即死者后代。

东方有一士，被服常不完[1]。

三旬九遇食[2]，十年著[3]一冠。

辛苦无此比，常有好容颜[4]。

我欲观其人，晨去越河关[5]。

青松夹路生，白云宿檐端。

知我故来意[6]，取琴为我弹。

上弦惊别鹤，下弦操孤鸾[7]。

愿留就君住，从今至岁寒。[8]

注释：

1. 被服：衣服。被，同“披”。不完：破损，破烂。
2. 三旬九遇食：三十天吃九顿饭。《说苑·立节》：“子思居于卫，缊袍无表，二旬而九食。”
3. 著：戴。
4. 好容颜：愉悦的面容。即使身在艰辛贫窘之中，不以为苦，反以为乐，指此为安贫乐道之士。
5. 越河关：渡河越关。
6. 故来意：特地来访的盛意。
7. 上弦、下弦：指前曲、后曲。别鹤：即《别鹤操》，古琴曲名。孤鸾：即《双凤离鸾》曲，汉琴曲名，声皆悲凄。此隐士所奏曲，是孤高自冷品节的自我表征。
8. 就君住：靠近隐士居住。至岁寒：直到寒冬时节。《论语·子罕》：“岁寒，然后知松柏之后凋也。”愿与此高士邻近居处，无论何时都要坚持高亮的操守，不与俗世相俯仰。

日暮天无云，春风扇微和[1]。
佳人美清夜，达曙酣且歌。[2]
歌竟[3]长叹息，持此感人多[4]。
皎皎云间月，灼灼叶中华。
岂无一时好，不久当如何？[5]

注释：

1. 扇：吹拂，吹动。扇微和：春风吹拂，天气微有暖意。
2. 美清夜：喜爱这清朗的夜晚。达曙：到天亮。酣：酒喝得舒畅满足。
3. 竟：结束。
4. 此：指下文四句歌辞。感人多：使人非常感动。
5. 皎皎：光明，明亮。灼灼：花之光彩耀眼鲜明。华：同“花”。一时好：一时之美好，指“云间月”圆而又缺，“叶中花”开而复凋。美好的物事有繁盛之时，也自有衰落之期，都只能占据短暂的美。当美衰落，其复如何？

种桑长江边，三年望当采[1]。
枝条始欲茂，忽值山河改。
柯叶自摧折，根株浮沧海。[2]
春蚕既无食，寒衣欲谁待[3]。
本不植高原，今日复何悔？[4]

注释：

1. 怀抱着盼望，可以在三年内采桑养蚕。
2. 柯：枝干。桑树的枝叶横遭摧残而折断，根株漂流到大海中。
3. 欲谁待：还能依靠什么。
4. 桑树本应种植于高原上，却偏种在江边，根基不固，容易摧折，所以又有什么可后悔的？本：桑树的根基。今日：傅录为“日今”。

杂诗三首

陶　潜

蔕：音帝，同蒂，果实与枝茎相连处。

人生无根蔕，飘如陌[1]上尘。
分散逐风转，此已非常身[2]。
落地[3]为兄弟，何必骨肉亲！
得欢当作乐，斗酒聚比邻[4]。
盛年[5]不重来，一日难再晨。
及时[6]当勉励，岁月不待人。

注释：

1. 蔕：同“蒂”，瓜、果、花与枝茎相连处叫蒂。陌：东西的路，此泛指路。
2. 此：指此身。非常身：不再是盛时壮年之身。
3. 落地：刚出生。
4. 斗：酒器。比邻：近邻。
5. 盛年：壮年。
6. 及时：趁盛年之时。

白日沦[1]西河，素月[2]出东岭。

遥遥万里辉，荡荡中空景。[3]

风来入房户，夜中枕席冷。

气变悟时易，不眠知夕永。[4]

欲言无予和[5]，挥杯劝孤影。

日月掷人去，有志不获骋[6]。

念此怀悲凄，终晓[7]不能静。

注释：

1. 沦：落下。
2. 素月：白月。
3. 万里辉：指月光。荡荡：广阔状。景：指月轮。
4. 时易：季节变化。夕永：夜长。天气变化方觉季节轮换，不能眠才知修夜漫长。
5. 无予和：没有人和我搭话。
6. 骋：驰骋，指大展抱负。
7. 终晓：直到天亮。

骞：音千，鸟飞貌。

翮：音核，又音隔，羽茎也。

荏苒：音稚典，展转也，言时间。

壑：音赫。坑也，谷也。

忆我少壮时，无乐自欣豫。[1]
猛志逸四海，骞翮思远翥。[2]
荏苒岁月颓，此心稍已去。[3]
值欢无复娱，每每多忧虑。[4]
气力渐衰损，转觉日不如[5]。
壑舟无须臾[6]，引我不得住。
前途当几许，未知止泊处。[7]
古人惜寸阴[8]，念此使人惧。

注释：

1. 欣豫：欢乐。青春少壮之时，心情总是轻快欢喜的，即使没有什么引发快乐的具体事由。
2. 猛志：壮志。逸：超越。四海：犹言天下。骞翮：展翅飞翔。远翥：向更高更远处飞翔。
3. 荏苒：逐渐地。颓：逝。此心：指志四海、思远翥。
4. 即使遇到欢乐的情境，也不再感觉到快乐。
5. 日不如：一日不如一日。
6. 壑舟：这里借喻自然运转变化的道理。须臾：片刻。
7. 几许：几多，多少。止泊处：船停泊的地方，这里指人生的归宿。
8. 惜寸阴：珍惜每一寸光阴。

读山海经诗[1]

陶 潜

孟夏[2]草木长，绕屋树扶疏。 扶疏：繁茂也。
众鸟欣有托[3]，吾亦爱吾庐。
既耕亦已种，时还读吾书。
穷巷隔深辙，颇回故人车。[4]
欢然酌春酒，摘我园中蔬。
微雨从东来，好风与之俱[5]。
泛览周王传[6]，流观山海图[7]。
俯仰终宇宙[8]，不乐复何如？

注释：

1. 这组诗共十三首，这是第一首。《山海经》是一部记载古代神话传说、史地文献、原始风俗的书。
2. 孟夏：初夏，农历四月。
3. 欣有托：欣然于找到了可以托身的地方。
4. 深辙：轧有很深车辙的大路。颇回故人车：经常让熟人的车掉头回去。
5. 与之俱：和它一起吹来。
6. 泛览：浏览。周王传：即《穆天子传》，记载周穆王西游的书。
7. 流观：浏览。山海图：带插图的《山海经》。
8. 俯仰：在低头抬头之间。终宇宙：遍及世界。

拟挽歌[1]辞二首

陶　潜

有生必有死，早终非命促[2]。
昨暮同为人，今旦在鬼录。[3]
魂气散何之，枯形寄空木。[4]
娇儿索[5]父啼，良友抚我哭。
得失不复知，是非安能觉[6]！
千秋万岁后，谁知荣与辱？
但恨在世时，饮酒不得足。

注释：

1. 挽歌：挽柩者所唱的哀悼死者的歌，泛指悼念死者的诗歌或哀叹事物灭亡的文辞。
2. 非命促：并非生命短促。意谓生死天命，并无长短之分。
3. 此二句谓昨晚尚且活在世上，今晨便倏然死去。
4. 魂气：《左传・昭公七年》疏："附形之灵为魄，附气之神为魂。""枯形寄空木"意谓枯槁的尸体存放于空寂的棺木之中。
5. 索：寻找。
6. 觉：觉察，觉知。

荒草何茫茫，白杨亦萧萧。
严霜九月中，送我出远郊。
四面无人居，高坟正嶕峣[1]。
马为仰天鸣，风为自萧条。
幽室[2]一已闭，千年不复朝。
千年不复朝，贤达将奈何[3]。
向来[4]相送人，各自还其家。
亲戚或余悲，他人亦已歌。[5]
死去何所道[6]，托体同山阿[7]。

注释：

1. 嶕峣：高耸状。
2. 幽室：指墓穴。
3. 现行版本作“贤达无奈何”。
4. 向来：刚才。
5. 或余悲：有些人还在悲伤。亦已歌：也开始唱歌了。
6. 何所道：有什么可说的呢。
7. 山阿：山陵。

寻隐者[1]不遇[2]

唐　贾岛

松下问童子[3]，言[4]师采药去。
只在此山中，云深不知处[5]。

注释：

1. 隐者：隐士，隐居在山林中的人，古代指不肯做官而隐居在山野之间的贤士。
2. 不遇：没有遇到，没有见到。
3. 童子：孩童。这里指隐者的弟子。
4. 言：回答。
5. 云深：指山中云雾弥漫幽深。处：行踪，所在。

别　诗

南北朝　范云[1]

洛阳城东西，长作经时[2]别。

昔时雪如花，今时花如雪[3]。

注释：

1. 范云：字彦龙，南乡舞阴（今河南省泌阳西北）人，南朝齐梁诗人。
2. 经时：指很长的时间。
3. 现行版本此句作“昔去雪如花，今来花似雪”。

赠范晔[1]

陆　凯

折花逢驿使[2]，寄与陇头人[3]。
江南无所有，聊赠一枝春[4]。

注释：

1. 范晔：字蔚宗，顺阳（今河南省淅川南）人，南朝宋史学家、散文家。陆凯为范晔友人，生平不详。
2. 驿使：古代递送官府文书的人。
3. 陇头人：即陇山人，在北方的朋友，指范晔。陇山，在今陕西省陇县西南。
4. 一枝春：指梅花。

山中何所有

陶弘景[1]

山中何所有，岭上多白云。
只可自怡悦[2]，不堪持赠君[3]。

注释：

1. 陶弘景：字通明，丹阳秣陵（今南京）人，南朝齐梁间著名隐士。
2. 怡悦：欢欣，愉悦。
3. 堪：能。持赠君：一作“持寄君”。

江　雪

唐　柳宗元

千山鸟飞绝[1]，万径[2]人踪灭。

孤舟蓑笠翁，独钓寒江雪。

注释：

1. 绝：无，没有。

2. 万径：虚指，指千万条路。

相　送

南北朝　何煃[1]

客心[2]已百念[3]，孤游重千里。

江暗雨欲来，浪白风初起。

注释：

1. 此诗实为南朝梁诗人何逊所作。何逊一生仕途坎坷，饱受羁旅行役之苦。

2. 客心：异乡作客之心。

3. 百念：指百感交集。

鸟鸣涧[1]

唐　王维（右丞）

人闲[2]桂花[3]落，夜静春山空[4]。
月出惊山鸟，时鸣春涧中。

注释：

1. 鸟鸣涧：鸟儿在山涧中鸣叫。
2. 闲：安闲，闲静。
3. 桂花：春桂，现在叫山矾，也有人叫它山桂花。
4. 空：空寂，空荡。山中寂静，无声，好像空无所有。

鹿　柴[1]

王　维

空山不见人，但[2]闻人语响。
返景[3]入深林，复照青苔上。

注释：

1. 鹿柴：王维在辋川别业的胜景之一，在今陕西省蓝田县西南。柴，通“寨”“砦”，用树木围成的栅栏。
2. 但：只。
3. 返景：同“返影”，太阳将落时通过云彩反射的光。

竹里馆[1]

王　维

篁：竹。

独坐幽篁[2]里，弹琴复长啸[3]。
深林人不知，明月来相照。

注释：

1. 竹里馆：辋川别业胜景之一，房屋周围有竹林，故名。
2. 幽篁：幽深的竹林。
3. 长啸：撮口而呼，这里指吟咏、歌唱。

归嵩山[1]作

王　维

清川带长薄[2]，车马去闲闲[3]。

流水如有意，暮禽相与还[4]。

荒城临古渡[5]，落日满秋山。

迢递嵩山[6]下，归来且闭关[7]。　嵩山应作嵩高。

注释：

1. 嵩山：五岳之一，古称“中岳”，在河南省登封市西北。
2. 清川：清澈流水，当指伊水及其支流。川，河川。带：围绕，映带。薄：草木交错曰薄。
3. 去：行走。闲闲：从容自得的样子。
4. 暮禽：傍晚的鸟儿。相与：相互做伴。
5. 荒城：按嵩山附近如登封等县，屡有兴废，荒城当为废县。临：当着。古渡：指古时的渡口遗址。
6. 迢递：遥远的样子。嵩高：嵩山别称嵩高山。
7. 且：将要。闭关：佛家闭门静修。这里有闭户不与人来往之意。

田园乐

王　维

出入千门万户，经过北里南邻。
蹀躞鸣珂[1]有底，崆峒[2]散发何人。

注释：

1. 蹀躞：马逡巡行进貌。鸣珂：权贵所乘马以玉装饰，行则作响。蹀躞鸣珂，形容贵人出行之状。
2. 崆峒：指仙山。

再见封侯万户，立谈赐璧一双[1]。
讵胜耦耕南亩[2]，何如高卧东窗。

注释：

1. 立谈：在交谈的当时；语出扬雄《解嘲》："或立谈而封侯。"璧：美玉。有人很快就能够封侯万户，在交谈的当时就能得到赏赐玉璧一双。
2. 讵：岂，难道，表示反问。胜：比得过，胜得过。耦：两个人在一起耕地。这难道比得过归隐躬耕南亩、闲淡高卧东窗吗？

采菱渡头风急，策杖[1]村西日斜。

杏树坛边渔父，桃花源里人家。

注释：

1. 策杖：拄着棍杖。

萋萋春草秋绿，落落[1]长松夏寒。

牛羊自归村巷，童稚不识衣冠。

注释：

1. 落落：形容长松高举状。

山下孤烟远村，天边独树高原。

一瓢颜回陋巷[1]，五柳先生[2]对门。

注释：

1.《论语·雍也》谓颜回："一箪食，一瓢饮，在陋巷，人不堪其忧，回也不改其乐。"

2. 五柳先生：指陶渊明。陶渊明辞官返乡，躬耕畎亩之间以自洽，因宅前植五棵柳树，故得称"五柳先生"。

桃红复含宿雨[1]，柳绿更带春烟[2]。

花落家僮未扫，莺啼山客[3]犹眠。

注释：

1. 宿雨：夜雨，前夜下的雨。

2. 现行版本多作"朝烟"，指清晨的雾。

3. 山客：隐居山庄的人，这里指诗人自己。

酌[1]酒会临泉水，抱琴好倚长松。
南园露葵[2]朝折，东谷黄粱夜舂[3]。

注释：

1. 酌：斟酒。
2. 露葵：莼菜。
3. 东谷：一作“西舍”。舂（chōng）：把东西放在石臼或乳钵里捣掉皮壳或捣碎。

送元二使安西

王　维

渭城[1]早雨浥[2]轻尘，
客舍青青柳色新[3]。
劝君更尽一杯酒，
西出阳关[4]无故人。

注释：

1. 渭城：在今陕西省西安市西北，即秦代咸阳古城。
2. 浥：润湿。"早雨"亦作"朝雨"。
3. 客舍：旅馆。柳色：柳树象征离别。
4. 阳关：在今甘肃省敦煌市西南，为自古赴西北边疆的要道。

送　别[1]

王　维

圣代[2]无隐者，英灵[3]尽来归。
遂令东山客[4]，不得采顾薇[5]。
既至君门远，孰云吾道非。[6]
江淮渡寒食，京洛缝春衣。[7]
置酒临长道，同心与我违[8]。
行当浮桂棹，未几拂荆扉。[9]
远树带行客，孤城当落晖。
吾谋适不用[10]，勿谓知音稀[11]。

注释：

1. 诗题又作“送綦毋潜落第还乡”。綦毋潜：綦毋为复姓，名潜，字季通，一作孝通，王维好友。
2. 圣代：政治开明、社会安定的时代。
3. 英灵：英华灵秀所凝聚的气，指才能出众的人。
4. 东山客：东晋谢安曾隐居会稽东山，借指綦毋潜。
5. 此句通行版本作“不得顾采薇”。采薇：商末周初，伯夷、叔齐兄弟隐于首阳山，采薇而食，后世遂以采薇指隐居。
6. 君门：君王之门。此句指考试未能中第而不能待诏帝侧。吾道非：《孔子家语·在厄》记载，楚昭王聘孔子，孔子往，陈、蔡发兵围孔子，孔子曰：“《诗》云‘匪兕匪虎，率彼旷野’。吾道非乎，奚为至于此？”孔子叹自己理念不能施行，半途受到阻碍。

7. 江淮：指长江、淮水，是綦毋潜回乡必经的水道。寒食：古人以冬至后一百零五天为寒食节，断火三日。京洛：指东京洛阳。

8. 同心：志同道合的朋友。违：分离。

9. 行当：将要。桂棹，桂木做的船桨。未几：不久。

10.《左传》载，士会将使晋，"绕朝赠之以策（马鞭）曰：'子无谓秦无人，吾谋适不用也。'"适：偶然。此处谓綦毋潜此次落第是偶然的。

11. 知音稀：语出《古诗十九首》："不惜歌者苦，但伤知音稀。"

使至塞上[1]

王　维

单车欲问边[2]，属国过居延[3]。
征蓬[4]出汉塞，归雁入胡天[5]。
大漠孤烟直[6]，长河落日圆[7]。
萧关逢候骑[8]，都护在燕然[9]。

居延：今陕西甘肃酒泉边境。近外蒙古。

萧关：甘肃关名。

燕然：山名，今属外蒙古。

注释：

1. 使至塞上：奉命出使边塞。
2. 单车：单独一辆车，形容轻车简从。问边：察访边塞，慰问戍边官兵。
3. 意谓边疆辽阔，附属国可达居延以外地区。居延：地名，汉代称居延泽，唐代称居延海，在今内蒙古额济纳旗北境。
4. 征蓬：随风飘零的蓬草，此为诗人自况。
5. 归雁：北飞的大雁。胡天：胡人所居地区的天空。这里指唐军占领的北疆地区。
6. 孤烟：一解曰古代边防报警时燃狼粪，“其烟直而聚，虽风吹之不散”。又有解曰塞外多旋风，“袅烟沙而直上”。孤烟亦可能是唐代边防使用的平安火。
7. 长河：指流经凉州（今甘肃武威）以北沙漠的一条内陆河，这条河在唐代叫马成河，疑即今石羊河。
8. 萧关：古关名，又名陇山关，故址在今宁夏固原东南。候骑：负责侦察、通信的骑兵。王维出使河西并不经过萧关，此处当是用典，引何逊诗“候骑出萧关，追兵赴马邑”之意，并非实写。
9. 都护：唐朝在西北边疆置安西、安北等六大都护府，其长官称都护。这里统指前敌统帅。燕然：燕然山，即今蒙古国杭爱山。东汉窦宪北破匈奴，曾于此刻石记功。这里代指前线。

送 别

王 维

山中相送罢，日暮掩[1]柴扉[2]。
春草明年绿，王孙[3]归不归？

注释：

1. 掩：关闭。
2. 柴扉：柴门。
3. 王孙：贵族的子孙，这里指送别的友人。

宿业师山房[1]待丁大不至

唐　孟浩然

夕阳度[2]西岭，群壑倏已暝[3]。
松月生夜凉，风泉满清听[4]。
樵人归欲尽，烟[5]鸟栖初定。
之子期宿来[6]，孤琴候萝径。

注释：

1. 业师：法名业的僧人。山房：山中寺院，此指僧人居所。
2. 度：过，翻越。
3. 壑：山谷。倏：倏然，迅疾貌。暝：天色昏暗。
4. 满清听：满耳都是清朗的声响。
5. 烟：炊烟和雾霭。
6. 之：此。子：古代对男子的美称。诗人夜宿山寺中，于山径之上候友人来，而友人未至。夕阳西坠，群壑暝濛，松月生凉，风泉声清，樵人归尽，暮鸟栖定，万物宁静。诗人抱琴候于藤萝缠绕的小径，待与故人共赏琴音。

过[1]故人庄

孟浩然

故人具鸡黍[2]，邀我至田家。
绿树村边合[3]，青山郭外斜[4]。
开轩面场圃[5]，把酒话桑麻[6]。
待到重阳日[7]，还来就菊花[8]。

注释：

1. 过：拜访。
2. 故人：老朋友。具：准备，置办。鸡黍：鸡与黄米，指农家待客的丰盛饭食。黍，黄米，古代认为是上等的粮食。
3. 合：环绕。
4. 郭：古代城墙有内外两重，内为城，外为郭。这里指村庄的外墙。斜：倾斜。指城墙外的青山连绵不绝。
5. 开：开启。轩：窗户。面：面对。场：打谷场，稻场。圃：菜园。
6. 把酒：端起酒器，指饮酒。桑麻：桑树和麻，泛指庄稼。话桑麻：指闲谈农事。
7. 重阳日：指农历九月初九重阳节。古人在这一天有登高望远、饮菊花酒的习俗。
8. 还：返，回。就菊花：赏菊。就，靠近。

孟浩然尝闲游秘省，秋月新霁，诸英华赋诗作会，浩然句曰：微云淡河汉，疏雨滴梧桐。举座嗟其清绝，咸搁笔不复为继。

春 晓[1]

孟浩然

春眠不觉晓，处处闻啼鸟。
夜来风雨声，花落知多少。

注释：

1. 春晓：春日天破晓。晓，天刚亮。

鹿门：山名，在今湖北襄阳东南。

夜归鹿门歌

孟浩然

山寺鸣钟昼已昏[1]，渔梁[2]渡头争渡喧[3]。
人随沙路向江村[4]，余亦乘舟归鹿门。
鹿门月照开烟树[5]，忽到庞公[6]栖隐处。
岩扉松径长寂寥，惟有幽人自来去。

注释：

1. 昼已昏：天色已黄昏。
2. 渔梁：洲名，在湖北襄阳城外汉水中。《水经注·沔水》中记载："襄阳城东沔水中有渔梁洲，庞德公所居。"
3. 喧：声音大而嘈杂。
4. 此句通行版本作"人随沙岸向江村"。
5. 开烟树：指月光下，在暮烟中隐蔽起来的树木渐渐显现出来。
6. 庞公：庞德公，东汉襄阳人，隐居鹿门山。曾拒荆州刺史刘表做官之请，后携妻入鹿门山采药，就此隐居。孟浩然仰慕庞公，《登鹿门山怀古》"昔闻庞德公，采药遂不返。隐迹今尚存，高风邈已远"可证。

滁州西涧[1]

唐　韦应物

独怜幽草涧边生[2]，上有黄鹂深树[3]鸣。
春潮[4]带雨晚来急，夜渡无人舟自横[5]。

注释：

1. 滁州：在今安徽滁州以西。西涧：在滁州城西，俗称“上马河”。
2. 独怜：唯独喜欢。幽草：幽谷里的小草。
3. 深树：枝繁叶茂的树。
4. 春潮：春天的潮汐。
5. 现通行版本作“野渡无人舟自横”。横：指随意漂浮。

江南春绝句

唐　杜牧

千里莺啼[1]绿映红，水村山郭[2]酒旗[3]风。

南朝[4]四百八十寺[5]，多少楼台烟雨中。

注释：

1. 莺啼：即莺啼燕语。
2. 郭：外城。此处指城镇。
3. 酒旗：古代酒店的标帜，用布帘缀于竿顶，悬在店门前。
4. 南朝：指先后与北朝对峙的宋、齐、梁、陈政权。
5. 四百八十寺：虚指，言寺庙之多。南朝好佛，在京城广建佛寺。

李白诗选

关山月[1]

明月出天山[2]，苍茫云海间。
长风几万里，吹度玉门关[3]。
汉下[4]白登[5]道，胡窥青海湾[6]。
由来征战地，不见有人还。
戍客[7]望边邑，思归多苦颜。
高楼[8]当此夜，叹息未应闲。

注释：

1. 关山月：乐府旧题，属横吹曲辞，多用以抒发离愁别恨。
2. 天山：祁连山。在今甘肃、新疆之间，连绵数千里。
3. 玉门关：故址在今甘肃敦煌西北，古代通向西域的交通要道。
4. 下：指出兵。
5. 白登：今山西大同东有白登山，《汉书·匈奴传》："（匈奴）围高帝于白登七日。"颜师古注："白登山在平城东南，去平城十余里。"
6. 胡：此指吐蕃。窥：有所企图，窥伺。青海湾：即今青海省青海湖，湖因青色得名。
7. 戍客：征人，指戍边士兵。
8. 高楼：古诗中多以高楼指闺阁，这里指代戍边兵士的妻子。

行：即歌行，
古诗歌之一体。

剧：戏也。

长干行[1]二首

妾发初覆额，折花门前剧。
郎骑竹马来，绕床[2]弄青梅。
同居长干里[3]，两小无嫌猜。
十四为君妇，羞颜未尝开。
低头向暗壁，千唤不一回。
十五始展眉，愿同尘与灰。
常存抱柱信[4]，岂上望夫台。
十六君远行，瞿塘滟滪堆[5]。
五月不可触，猿声天上哀。
门前迟行迹，一一生绿苔。
苔深不能扫，落叶秋风早。
八月蝴蝶来，双飞西园草。
感此伤妾心，坐愁红颜老。
早晚下三巴[6]，预将书报家。
相迎不道远，直至长风沙[7]。

注释：

1. 长干行：乐府《杂曲歌辞》调名。
2. 床：井栏，水井的围栏。
3. 长干里：在今南京市，当年系船民集居之地，故《长干曲》多抒发船家女子的感情。
4. 抱柱信：典出《庄子·盗跖篇》——尾生与一女子相约于桥下，突然涨水而女子未到，尾生守信，不肯离去，抱着柱子被水淹死。
5. 滟滪堆：傅录作“滟预堆”。三峡之一的瞿塘峡在峡口有块大礁石，农历五月涨水没礁，船只易触礁覆没。
6. 早晚：多早晚，犹何时。三巴：地名，即巴、巴东、巴西三郡，相当今四川、重庆间嘉陵江和綦江流域以东的大部。
7. 长风沙：地名，在今安徽省安庆市的长江边上。

忆妾深闺里，烟尘不曾识。
嫁与长干人，沙头候风色[1]。
五月南风兴，思君下巴陵[2]。
八月西风起，想君发扬子[3]。
去来悲如何，见少别离多。
湘潭[4]几日到，妾梦越风波。
昨夜狂风度，吹折江头树。
淼淼暗无边，行人在何处。
北客至王公，朱衣满汀中。
日暮来投宿，数朝不肯东。[5]
自怜十五余，颜色桃李红。
那作商人妇，愁水复愁风。

淼：音眇，水大也。

注释：

1. 沙头：沙岸上。风色：风向。
2. 巴陵：今湖南岳阳。
3. 扬子：扬子渡。
4. 湘潭：泛指湖南一带。
5. 通行版本中，此四句作："好乘浮云骢，佳期兰渚东。鸳鸯绿蒲上，翡翠锦屏中。"

将进酒[1]

君不见[2]黄河之水天上来，
奔流到海不复回。
君不见高堂[3]明镜悲白发，
朝如青丝[4]暮成雪。
人生得意[5]须尽欢，莫使金樽[6]空对月。
天生我材必有用，千金散尽还复来。
烹羊宰牛且为乐，会须一饮三百杯。
岑夫子，丹邱生，将进酒，杯莫停。[7]
与君歌一曲，请君为我倾耳听。
钟鼓馔玉[8]不足贵，但愿长醉不用醒[9]。
古来圣贤皆寂寞，唯有饮者留其名。
陈王昔时宴平乐[10]，斗酒十千恣欢谑[11]。
主人何为言少钱，径须沽酒对君酌[12]。
五花马[13]，千金裘，呼儿将出换美酒，
与尔同销万古愁。

岑夫子谓岑徵（勋）君，丹邱生谓元丹邱，二人皆李白好友。

陈王即陈思王曹植。

注释：

1. 将进酒：劝酒歌，属乐府旧题。将，请。
2. 君不见：乐府中常用的一种夸语。
3. 高堂：房屋的正室厅堂。一说指父母。

4. 青丝：黑发。

5. 得意：惬意，适意。

6. 金樽：精美的盛酒器。

7. 岑夫子：岑勋。丹邱生：元丹丘。二人均为李白的好友。“将进酒，杯莫停”一句傅录作“进酒君莫停”。

8. 钟鼓：富贵人家宴会中奏乐使用的乐器。馔玉：形容食物如玉一样精美珍贵。

9. 此句现通行版本多为“但愿长醉不复醒”。

10. 陈王：指陈思王曹植。平乐：观名。在洛阳西门外，为汉代富豪显贵的娱乐场所。

11. 恣：纵情任意。谑：戏。

12. 径须：干脆，只管。沽：买。现通行版本作“沽取”。

13. 五花马：指毛色斑驳的名贵好马。

宣州谢朓楼饯别校书叔云[1]

弃我去者，昨日之日不可留；
乱我心者，今日之日多烦忧。
长风万里送秋雁，对此可以酣高楼[2]。
蓬莱文章建安骨[3]，中间小谢又清发[4]。
俱怀逸兴壮思飞[5]，欲上青天揽[6]明月。
抽刀断水水更流，举杯消愁愁更愁。
人生在世不称意，明朝散发弄扁舟[7]。

蓬莱：古人指为仙山，在海中。

建安：后汉孔融、王粲、陈琳等七人所作之诗称为建安体。

小谢：指谢朓。

注释：

1. 宣州：今安徽宣城一带。谢朓楼：又名北楼、谢公楼，在陵阳山上，谢朓任宣城太守时所建，并改名为叠嶂楼。饯别：以酒食送行。校书：官名，即秘书省校书郎，掌管朝廷的图书整理工作。叔云：李云，又名李华，是当时著名的古文家，任秘书省校书郎，专门负责校对图书。李白称他为叔，但并非族亲关系。
2. 酣高楼：畅饮于高楼。
3. 蓬莱文章：指汉代的文章。建安骨：汉末建安年间（196—220），“三曹”和“七子”等作家所作之诗风骨清奇刚健，后人称为“建安风骨”。
4. 小谢：指谢朓，字玄晖，南朝齐诗人。后人将他和谢灵运并称为大谢、小谢。清发：指清新秀发的诗风。发，清新俊发，诗文俊逸。
5. 俱：都。逸兴：飘逸豪放的兴致，超远的意兴。王勃《滕王阁序》：“遥襟甫畅，逸兴遄飞。”壮思飞：卢思道《卢记室诔》：“丽词泉涌，壮思云飞。”

6. 揽：摘取。

7. 散发：古人束发戴冠，散发表示摆脱束缚，闲适自在。弄扁舟：乘小舟归隐江湖。春秋末年，范蠡辞官，“乘扁舟浮于江湖”（《史记·货殖列传》）。

长相思

长相思，在长安[1]。

络纬秋啼金井阑[2]，微霜凄凄簟色寒。

孤灯不明思欲绝，卷帷望月空长叹。

美人如花隔云端！

上有青冥[3]之高天，下有渌水[4]之波澜。

天长路远魂飞苦，梦魂不到关山难。

长相思，摧[5]心肝！

络纬：蟋蟀也。

簟：竹席也。音颠。

注释：

1. 长安：今陕西省西安市。
2. 金井阑：精美的井栏。
3. 青冥：青仓幽远，指青天。
4. 渌水：清水。
5. 摧：伤。

飞龙引[1]二首

黄帝铸鼎于荆山[2]，炼丹砂[3]。
丹砂成黄金[4]，骑龙飞去太上家[5]。
云愁海思[6]令人嗟，宫中彩女[7]颜如花。
飘然挥手凌紫霞[8]，从风纵体登銮车[9]。
登銮车，侍轩辕[10]，遨游青天中，其乐不可言。

注释：

1. 飞龙引：乐府《琴曲歌辞》旧题。
2. 《史记·封禅书》载，黄帝采首山铜铸鼎于荆山下，有龙垂胡髯下迎黄帝上天。荆山：亦名覆釜山，在今河南灵宝市阌乡南。
3. 丹砂：即朱砂，古代道教徒用以化汞炼丹。
4. 《史记·封禅书》："（李）少君言上曰：祠灶则致物，致物而丹砂可化为黄金，黄金成以为饮食器则益寿，益寿而海中蓬莱仙者乃可见，见之以封禅则不死，黄帝是也。"
5. 太上家：指天庭。
6. 云愁海思：谓愁绪深广。
7. 彩女：指宫女。
8. 紫霞：紫色云霞。道家谓神仙乘紫霞而行。
9. 纵体：轻举貌。銮车：神仙所乘之车。
10. 轩辕：即黄帝。

鼎湖流水清且闲[1]，轩辕去时有弓剑[2]，
古人传道留其间。
后宫婵娟[3]多花颜，乘鸾[4]飞烟亦不还，
骑龙攀天造天关[5]。
造天关，闻天语，屯云河车[6]载玉女。
载玉女，过紫皇[7]，紫皇乃赐白兔所捣
之药方[8]，后天而老凋三光[9]。
下视瑶池见王母[10]，蛾眉萧飒如秋霜。

注释：

1. 鼎湖：水名，在荆山下。闲：舒缓。
2. “轩辕”句：《水经注·河水》：“（黄）帝崩，惟弓剑存焉，故世称黄帝仙矣。”
3. 婵娟：形态美好。此指美女。
4. 乘鸾：用箫史乘凤之典故，喻成仙。
5. 天关：即天门。
6. 屯云河车：仙人所乘。屯云，积聚的云气。
7. 紫皇：道教传说中最高的神仙，即天神。《太平御览》卷六五九：“《秘要经》曰：太清九宫，皆有僚属，其最高者，称太皇、紫皇、玉皇。”
8. 乐府古辞《董逃行》：“教敕凡吏受言，采取神药若木端，白兔长跪捣药虾蟆丸。奉上陛下一玉柈，服此药可得神仙。”
9. 后天而老：比天还老得慢，即长生不老之意。凋三光：言三光有时凋落而其身长存。三光，日、月、星。
10. 瑶池：古代神话中神仙居住之处，在昆仑山上。传说西王母曾在此宴请周穆王。

蜀道难[1]

嘘吁嚱[2]，危乎高哉！

蜀道之难，难于上青天！

蚕丛二句言蜀地蛮荒时代景象；四万八千言未开化年代之久。

蚕丛及鱼凫[3]，开国何茫然[4]！

尔来[5]四万八千岁，不与秦塞通人烟[6]。

西当太白有鸟道[7]，何以横绝峨眉岭[8]。

地崩山摧壮士死[9]，然后天梯石栈方钩连。

上有六龙回日之高标，下有冲波逆折之回川。[10]

黄鹤[11]之飞尚不得，猿猱[12]欲度愁攀缘。

青泥何盘盘[13]，百步九折萦岩峦[14]。

扪参历井[15]仰胁息[16]，以手抚膺坐长叹[17]。

问君[18]西游何时还，畏途巉岩[19]不可攀。

但见悲鸟号[20]古木，雄飞雌从绕林间。

又闻子规[21]啼夜月，愁空山。

蜀道之难，难于上青天，使人听此凋朱颜[22]。

连峰去天不盈尺，枯松倒挂倚绝壁。

飞湍暴流争喧豗[23]，砯崖转石万壑雷[24]。

其险也若此，嗟尔远道之人胡为乎来哉！

剑阁峥嵘而崔嵬[25]，一夫当关，万人莫开[26]。

所守或匪亲[27]，化为狼与豺。

朝避猛虎，夕避长蛇；
磨牙吮血，杀人如麻。
锦城[28]虽云乐，不如早还家。
蜀道之难,难于上青天,侧身西望长咨嗟[29]！

注释：

1. 蜀道难：南朝乐府旧题，属《相和歌·瑟调曲》。
2. 噫吁嚱：均为惊叹词，蜀地方言。
3. 蚕丛、鱼凫：传说中古蜀国开国的两位国王。据西汉扬雄《蜀王本纪》载："蜀王之先，名蚕丛、柏濩、鱼凫、蒲泽、开明。……从开明上至蚕丛，积三万四千岁。"
4. 茫然：渺茫无稽。指古史传说茫昧难以查考。
5. 尔来：自那时算起。
6. 秦塞：秦国关塞，指秦地。秦地四周有山川险阻，故称"四塞之地"。通人烟：有人员往来。
7. 西当：西对。太白：太白山，又名太乙山，在长安西（今陕西眉县、太白县一带）。鸟道：高入云霄、狭窄险仄的山路。
8. 此句现行版本录为"可以横绝峨眉巅"。
9. "地崩"句：《华阳国志·蜀志》记载，传秦惠王征蜀，知蜀王好色，允赠五美人与之。蜀王着五壮士前往迎接。至梓潼（今四川剑阁之南）时，见一大蛇入穴中，一壮士抓其尾，余四人来助，不多时，山崩地裂，壮士和美女均压于山下。山分五岭，入蜀之路遂通。摧：倒塌。

10. 六龙回日：《淮南子》注云："日乘车，驾以六龙，羲和御之。日至此而薄于虞渊，羲和至此而回六螭。"羲和驾六龙之车载太阳到此处，日落而羲和驾车返。高标：指蜀山中可作一方之标识的最高峰。冲波：激浪。逆折：水流回旋。回川：迂回曲折的河流。

11. 黄鹤：即黄鹄，善飞的大鸟。此句通行版本为"黄鹤之飞尚不得过"。

12. 猿猱：蜀山中最善攀缘的猴类。

13. 青泥：青泥岭，在今甘肃徽县南，陕西略阳县北。《元和郡县志》卷二十二："青泥岭，在县西北五十三里，接溪山东，即今通路也。悬崖万仞，山多云雨，行者屡逢泥淖，故号青泥岭。"盘盘：曲折回旋状。

14. 百步九折：极短路程内要多次转弯。萦：盘绕。岩峦：山峰。

15. 扪参历井：参、井是星宿名。古人把天上的星宿分别指配于地上的州国，叫作"分野"，通过观察天象来占卜地上所配州国的吉凶。参星为蜀之分野，井星为秦之分野。扪，摸。历，经过。

16. 胁息：屏住呼吸。

17. 膺：胸。坐：徒，空。

18. 君：指入蜀的友人。

19. 畏途：令人生畏的险要路途。巉（chán）岩：陡峭的山壁。

20. 号：高声啼叫。

21. 子规，即杜鹃，蜀地最多，鸣声悲哀，若云"不如归去"。《蜀记》曰："昔有人姓杜，名宇，王蜀，号曰望帝。宇死，俗说云，宇化为子规。子规，鸟名也。蜀人闻子规鸣，皆曰望帝也。"

22. 凋朱颜：指脸色由红润变成铁青，谓恐惧状。

23. 飞湍：飞奔而下的急流。喧豗（huī）：喧闹声，这里指急流和瀑布发出的巨大响声。

24. 砯（pēng）崖：砯，水冲击石壁发出的响声，这里作动词用，冲击。转：使滚动。壑：山谷。

25. 剑阁：又名剑门关，在今四川剑阁县北，是大、小剑山之间的一条栈道，长约三十里。峥嵘：山势险峻。崔嵬：山势高大。

26. 一夫：一人。当关：守关。莫开：不能打开。左思《蜀都赋》："一人守隘，万夫莫向。"张载《剑阁铭》："一人荷戟，万夫趑趄。形胜之地，匪亲勿居。”“万人莫开”句，现通行版本为“万夫莫开”。

27. 所守：指把守关口的人。或匪亲：倘若不是可信赖的人。匪，同“非”。

28. 锦城：成都古代以织锦闻名，朝廷曾经设官于此，故称锦城或锦官城。

29. 咨嗟：叹息。

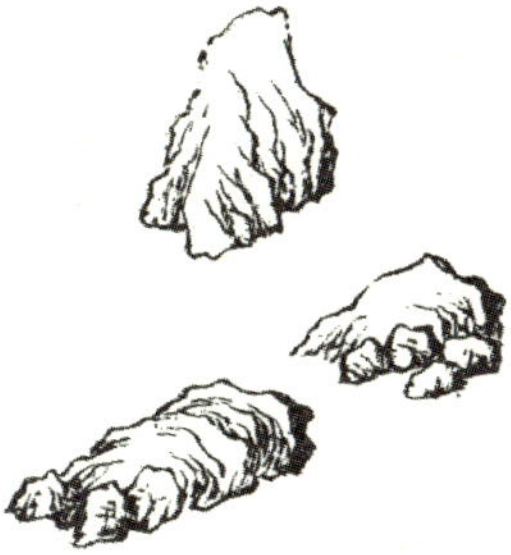

乌栖曲[1]

姑苏台上乌栖时[2]，吴王宫里醉西施。
吴歌楚舞欢未毕，青山犹衔半边山[3]。
银箭金壶[4]漏水多，起看秋月坠江波。
东方渐高奈乐何！

注释：

1. 乌栖曲：乐府《清商曲辞·西曲歌》旧题。
2. 姑苏台：旧址在今江苏苏州，据《述异记》，台周环诘屈，横亘五里，崇饰土木，殚耗人力，三年乃成。内充宫妓千人，又别立春宵宫，造千石酒钟，作大池，池中造青龙舟、陈妓乐，吴王日与西施为长夜欢。乌栖时：乌鸦歇宿之时，指黄昏时分。
3. 此句通行版本作“青山欲衔半边日”。
4. 银箭金壶：指刻漏，古代计时工具。铜壶盛水，水中立一刻有度数之箭，水从壶底缓慢滴漏，箭上刻度逐渐显露，以此确定时间。

战城南[1]

去年战，桑干[2]源，今年战，葱河[3]道。
洗兵条支海上波[4]，放马天山雪中草。
万里长征战，三军尽衰老。
匈奴以杀戮为耕作，古来唯见白骨黄沙田。
秦家筑城备胡处，汉家还有烽火然。[5]
烽火然不息，征战无已时。
野战格斗死，败马号鸣向天悲。
乌鸢啄人肠，衔飞上挂枯树枝。
士卒涂草莽，将军空尔为[6]。
乃知兵者是凶器，圣人不得已而用之。

注释：

1. 战城南：乐府古题，汉铙歌十八曲之一。
2. 桑干：桑干河，为今永定河之上游。唐天宝年间朝廷曾在此一带与契丹发生战事。
3. 葱河：葱岭河。今有南北两河，南名叶尔羌河，北名喀什噶尔河，俱在新疆西南部。天宝年间唐朝廷曾在西域对小勃律、吐蕃和大食等国用兵。
4. 洗兵：指战斗结束后，清洗兵器。条支：汉西域古国，在今伊拉克底格里斯河、幼发拉底河之间，此泛指西域。
5. 秦家筑城：指秦始皇筑长城以防匈奴。汉家烽火：《后汉书·光武帝纪》："遣骠骑大将军杜茂将众郡施刑屯北边，筑亭候，修烽燧。"李贤注："边方备警急遣，作高土台，台上作桔皋，桔皋头有兜零。以薪草置其中，常低之，有寇即燃火举之以相告，曰烽；又多积薪，寇至即燔之，望其烟，曰燧。昼则燔燧，夜乃举烽。"然：即"燃"。

6. 空尔为：即一无所获。

行路难[1]三首

金樽清酒斗十千[2]，玉盘珍羞直万钱[3]。
停杯投箸不能食，拔剑四顾心茫然。
欲渡黄河冰塞川，将登太行雪暗天[4]。
闲来垂钓坐溪上，忽复乘舟梦日边。[5]
行路难，行路难，多歧路，今安在？[6]
长风破浪会有时，直挂云帆济沧海。

注释：

1. 行路难：乐府旧题。
2. 斗十千：一斗值十千钱（即万钱），形容酒美价昂。
3. 珍羞：珍贵的菜肴。羞，同“馐”，美味的食物。直：通“值”，价值。
4. 此句通行版本为“将登太行雪满山”。
5. 此句暗用姜尚和伊尹的典故。姜太公在渭水边垂钓，遇周文王，得以施展宏图；伊尹梦见乘舟绕日月而过，后为商汤所用，助力灭夏。通行版本此句亦作“闲来垂钓碧溪上”。
6. 多歧路，今安在：岔道这么多，如今身在何处？

大道如青天，我独不得出。

羞逐长安社[1]中儿，赤鸡白狗赌梨栗。

弹剑作歌[2]奏苦声，曳裾王门[3]不称情。

淮阴市井笑韩信，汉朝公卿忌贾生。[4]

君不见昔时燕家重郭隗，拥篲折节无嫌猜。[5]

剧辛乐毅感恩分，输肝剖胆效英才。

昭王白骨萦蔓草，谁人更扫黄金台？

行路难，归去来[6]！

注释：

1. 社：古二十五家为一社。
2. 弹剑作歌：《战国策·齐策》载，孟尝君有食客冯谖弹铗（剑把）而歌曰："长铗归来乎，食无鱼"。
3. 曳裾王门：亦作"曳裾王门"，指奔走于豪门。《汉书·邹阳列传》上吴王书："饰固陋之心，则何王之门不可曳长裾乎？"
4. 韩信微时，曾受淮阴市市井无赖的胯下之辱。贾谊为太中大夫时，曾上书文帝，劝其改制兴礼，遭重臣嫉恨弹劾，被贬长沙。
5. 拥篲：燕昭王亲自扫路，恐灰尘飞扬，用衣袖挡帚，以礼迎贤士邹衍。折节：屈己下人，纡尊降贵。
6. 归去来：指隐居，语出陶渊明《归去来辞》。

有耳莫洗颍川水[1]，有口莫食首阳蕨。[2]
含光混世贵无名[3]，何用孤高比云月。
吾观自古贤达人，功成不退皆殒身。[4]
子胥既弃吴江上[5]，屈原终投湘水滨。
陆机雄才岂自保[6]，李斯税驾苦不早[7]。
华亭鹤唳讵可闻，上蔡苍鹰何足道。[8]
君不见吴中张翰称达生，秋风忽忆江东行。[9]
且乐身前一杯酒，何须身后千载名。

陆机被诛时数日华亭鹤唳，岂可复闻乎？遂遇害。张翰善文，晋齐王辟为掾时王执权。翰见秋风起乃思还吴中，归后王败。

注释：

1. 颍川水：《高士传》许由篇载，尧让天下于许由，由遁耕于中岳颍川水之阳，箕山之下。尧又召由为九州长，由不欲闻之，洗耳于颍水滨。
2. 首阳蕨：《史记·伯夷列传》载，武王已平殷乱，天下宗周，而伯夷、叔齐耻之，义不食周粟，隐于首阳山，采薇而食之。遂饿死于首阳山。
3. “含光混世贵无名”言不露锋芒、随世俯仰之意。
4. 《史记·蔡泽列传》载有战国时蔡泽说服秦相范雎功成身退的一番话。蔡泽说，“四时之序，成功者去”，商君为秦孝公明法令，功已成矣，而遂以车裂；白起功已成矣，而遂赐剑死于杜邮；吴起功已成矣，而卒肢解；大夫种为越王深谋远计，令越成霸，功已彰而信矣，勾践终负而杀之。“此四子者，功成不去，祸至于此。”
5. 子胥：伍子胥，春秋末期吴国大夫。《吴越春秋》载，吴王闻子胥之怨恨也，乃使人赐属镂之剑，子胥遂伏剑而死。吴王乃取子胥尸，盛以鸱夷之器，投之于江中。
6. 《晋书·陆机传》载，陆机因宦人诬陷而被杀害于军中，临终叹曰：“华亭鹤唳，岂可复闻乎？”

7. 李斯：秦丞相，后被杀。税驾：犹解驾，休息也。

8. 此句仍写李斯。《史记·李斯列传》："二世二年七月，具斯五刑，论腰斩咸阳市。斯出狱，与其中子俱执，顾谓其中子曰：'吾欲与若复牵黄犬俱出上蔡东门逐狡兔，岂可得乎！'"

9. 此句写张翰。《晋书·张翰传》载，张翰，字季鹰，吴郡吴人，为大司马东曹掾。因见秋风起，乃思吴中菰菜、莼羹、鲈鱼脍，曰："人生贵得适志，何能羁宦数千里以要名爵乎？"遂命驾而归。或谓之曰："卿乃可纵适一时，独不为身后名邪？"答曰："使我有身后名，不如即时一杯酒。"时人贵其旷达。

春日醉起言志

处世若大梦，胡为劳其生？

所以终日醉，颓然卧前楹[1]。

觉来眄[2]庭前，一鸟花间鸣。

借问此何时？春风语流莺。

感之欲叹息，对酒还自倾。

浩歌待明月，曲尽已忘情。

注释：

1. 前楹：厅前的柱子。

2. 眄：斜视。

自巴东舟行经瞿塘峡[1]登巫山[2]最高峰晚还题壁

江行几千里，海月十五圆。
始经瞿塘峡，遂步巫山巅。
巫山高不穷，巴国[3]尽所历。
日边攀垂萝，霞外倚穹石[4]。
飞步凌绝顶，极目无纤烟。
却顾[5]失丹壑，仰观临青天。
青天若可扪，银汉去安在？
望云知苍梧，记水辨瀛海[6]。
周游孤光[7]晚，历览幽意多。
积雪照空谷，悲风鸣森柯。
归途行欲曛[8]，佳趣尚未歇。
江寒早啼猿，松暝已吐月[9]。
月色何悠悠，清猿响啾啾。
辞山不忍听，挥策还孤舟。

注释：

1. 瞿塘峡：长江三峡之首，西起重庆市奉节县白帝城，东至巫山县大溪乡，长约八公里。两岸岩壁耸峙，江水怒激，形势险峻，蔚为壮观。《方舆胜览》载，瞿塘峡在夔州东一里，旧名西陵峡，乃三峡之门。两崖对峙，中贯一江，望之如门。陆放翁《入蜀记》："瞿塘峡，两壁对耸，上入霄汉，其平如削成，仰视天，如匹练然。"
2. 巫山：《方舆胜览》载，巫峡，在巫山县之西。《水经》云：杜宇所凿，以通江水。《图经》云："此山当抗峰岷、峨，偕岭衡岳，凝结翼附，并出青云，谓之巫山。有十二峰，上有神女庙、阳云台，高一百二十丈。"
3. 巴国：今重庆市及四川东部地区。先秦时为巴国。
4. 穹石：大石。
5. 却顾：回头看。
6. 瀛海：广阔无垠的大海。
7. 孤光：孤绝的光，古诗中多指日光或月光。鲍照《发后渚》诗："孤光独徘徊。"
8. 曛：落日余光，此处指光线昏暗。
9. 吐月：月亮跃出云层的样貌。吴均有诗云："疏峰时吐月，密树不开天。"

春 思

燕：北地之总称。

秦：西北之总称。

燕草如碧丝，秦桑低绿枝。
当君[1]怀归[2]日，是妾断肠时。
春风不相识，何事入罗帏。

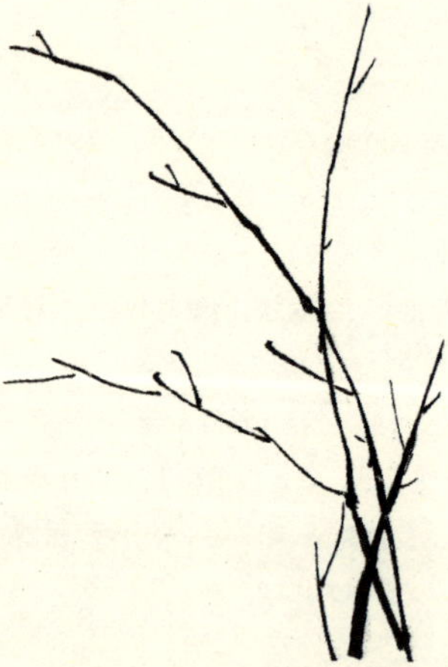

注释：

1. 君：指征夫。
2. 怀归：指思归故里。

子夜吴歌

长安一片月，万户捣衣[1]声。
秋风吹不尽，总是玉关[2]情。
何日平胡虏，良人罢远征。

注释：

1. 捣衣：将织好的布帛铺在平滑的砧板上，用木棒捶击使之柔软熨帖，好裁制衣服，称为“捣衣”，多于秋夜进行。
2. 玉关：玉门关，故址在今甘肃省敦煌市西北。

望天门山[1]

天门中断[2]楚江[3]开[4]，碧水东流直北回[5]。

两岸青山相对出，孤帆一片日边来。

注释：

1. 天门山：位于安徽省和县与芜湖市长江两岸，江北西梁山，江南东梁山（古代又称博望山）。两山隔江对峙，形同天设的门户，由此得名。
2. 中断：江水从中间隔断两山。
3. 楚江：即长江。
4. 开：劈开，断开。
5. 回：回旋，回转。现行版本中此句多作“碧水东流至此回”。

早发白帝城[1]

朝辞白帝彩云间[2]，千里江陵[3]一日还。

两岸猿声啼不住[4]，轻舟已过万重山[5]。

注释：

1. 白帝城：故址在今重庆市奉节县白帝山上。发：出发，启程。
2. 彩云间：自江流中仰望白帝山白帝城，山城如在云中。
3. 江陵：今湖北荆州市。
4. 啼：鸣，叫。住：停息。
5. 万重山：极言山峦之多。

春夜洛城[1]闻笛

谁家玉笛暗飞声，散入春风满洛城。[2]

此夜曲中闻折柳[3]，何人不起故园情。

注释：

1. 洛城：即洛阳城，今河南洛阳。
2. 暗飞声：笛声穿越暗夜而来。满：飞遍，传遍。
3. 折柳：古人离别时，有折柳枝相赠的风俗，故“折柳”有惜别怀远之意。

春夜人寂，忽闻笛声宛转起，随风散，落满全城。待辨其曲调为《折柳曲》，更自黯然，生乡国之思。

黄鹤楼[1]送孟浩然之[2]广陵[3]

故人西辞黄鹤楼，烟花[4]三月下[5]扬州。

孤帆远影碧空尽，唯见长江天际流。

注释：

1. 黄鹤楼：故址在今湖北武汉市武昌蛇山的黄鹄矶上，传三国时费祎于此登仙乘鹤而去，故称黄鹤楼。
2. 之：往，到达。
3. 广陵：即扬州。
4. 烟花：形容风烟霭霭、花柳掩映的春日景象。
5. 下：顺流向下行。

望月有怀

清泉映疏松，不知几千古。[1]

寒月摇轻波，流光入窗户[2]。

对此空长吟，思君意何深。

无因[3]见安道[4]，兴尽愁人心。

注释：

1. 疏松：疏落的松树。几千古：几千年。
2. 户：门。
3. 因：机会。
4. 安道：即戴安道。此用王子猷雪夜访戴安道事。《世说新语》载："王子猷居山阴，夜大雪，眠觉……忽忆戴安道。时戴在剡，即便夜乘小舟就之。经宿方至，造门不前而返。人问其故，王曰：'吾本乘兴而行，兴尽而返，何必见戴？'"

游太山[1]三首

四月上太山，石平御道开。
六龙[2]过万壑，涧谷随萦回。
马迹绕碧峰，于今满青苔。
飞流洒绝巘[3]，水急松声哀。
北眺崿嶂[4]奇，倾崖向东摧。
洞门闭石扇，地底兴云雷。
登高望蓬瀛，想像金篆台[5]。
天门一长啸，万里清风来。
玉女四五人，飘飖下九垓[6]。
含笑引素手，遗我流霞杯[7]。
稽首再拜之，自愧非仙才。
旷然小宇宙，弃世何悠哉。

注释：

1. 太山：即泰山，在今山东省泰安市西北，是中国东部著名高山。《史记正义》载，泰山，一曰岱宗，东岳也，在兖州博城县西北三十里。
2. 《宋书》："天子所御驾六，其余副车皆驾四。""六龙"之意本此。
3. 绝巘（yǎn）：高峰也。
4. 崿嶂：犹峰峦。鲍照诗云："合沓崿嶂云。"
5. 金篆台：传说中神仙所住的光辉灿烂的楼台，又作"金银台"。郭璞诗："神仙排云出，但见金银台。"

6. 九垓：九天也。

7.《抱朴子》载，项曼都入山学仙，十年而归家，曰："仙人以流霞一杯与我饮之，辄不饥渴。"

平明[1]登日观[2]，举手开云关[3]。
精神四飞扬，如出天地间。
黄河从西来，窈窕[4]入远山。
凭崖览八极，目尽长空闲。[5]
偶然值青童[6]，绿发双云鬟[7]。
笑我晚学仙，蹉跎凋朱颜[8]。
踌躇忽不见，浩荡难追攀。[9]

注释：

1. 平明：天亮的时候。
2. 日观：泰山东南的高峰，因能看到太阳升起而得名。
3. 云关：指云气簇拥掩蔽如同关隘。
4. 窈窕：深远曲折的样子。
5. 八极：八方极远之地。闲：大，广阔。
6. 值：遇到。青童：仙童。
7. 绿发：漆黑的头发。云鬟：古代妇女梳的环形发髻，此指仙童的发型。
8. 蹉跎：虚度光阴。凋朱颜：这里指容貌衰老。
9. 踌躇：犹豫。浩荡：广阔。

朝饮王母池[1]，暝[2]投天门阙。
独抱绿绮[3]琴，夜行青山间。
山明月露白，夜静松风[4]歇。
仙人游碧峰，处处笙歌[5]发。
寂听娱清辉，玉真连翠微。[6]
想像鸾凤舞，飘飖龙虎衣。[7]
扪天摘匏瓜[8]，恍惚不忆归。
举手弄清浅，误攀织女机。[9]
明晨坐相失，但见五云飞。[10]

注释：

1. 王母池：又名“瑶池”，在泰山东南麓。
2. 暝：傍晚。
3. 绿绮：古琴名，相传司马相如有绿绮琴。这里泛指名贵的琴。
4. 松风：风撼松林发出的响声。
5. 笙歌：吹笙唱歌。
6. 娱：乐。清辉：月光。玉真：道观名，这里泛指泰山上的道观。翠微：指山气青白色。远看道观与青缥的山气连成一片。
7. 鸾凤：传说中的仙鸟。龙虎衣：绣有龙虎纹彩的衣服。
8. 扪：摸。匏瓜：星名。
9. 清浅：指银河。《古诗十九首·迢迢牵牛星》有“河汉清且浅”之句。织女：星名，传说织女是天帝之女，住银河之东，从事织作，嫁给河西的牛郎为妻。此两句意为：举手在银河的流水中嬉戏，却无意中触碰了织女的织布机。
10. 坐相失：顿时都消失。但见：只看到。五云：五色云彩。

山中与幽人[1]对酌[2]

两人对酌山花开，一杯一杯复一杯。
我醉欲眠卿且去，明朝有意抱琴来。[3]

注释：

1. 幽人：幽隐之人，隐士。
2. 对酌：相对饮酒。
3. 此处典出《宋书·隐逸传》：（陶）潜不解音声，而畜素琴一张，无弦，每有酒适，辄抚弄以寄其意。贵贱造之者，有酒辄设。潜若先醉，便语客："我欲醉眠，卿可去。"

杜甫诗选

春　望[1]

国破山河在[2]，城春草木深[3]。
感时花溅泪[4]，恨别鸟惊心[5]。
烽火连三月[6]，家书抵[7]万金。
白头搔更短[8]，浑欲不胜簪[9]。

注释：

1. 春望：在春日里瞭望四顾，所见纪闻。
2. 国：国都，指长安（今陕西西安）。破：陷落。安史之乱时，长安城为安禄山所率军队攻陷而沦落。山河在：江山仍在眼前，似未有变。
3. 城：长安城。草木深：草木蓊郁幽深。当是暮春之时，暗指人烟寥落稀少。
4. 感时：为国家所处的时局境况忧心伤怀。溅泪：流下泪来。
5. 恨别：因离别而怅然恨怨。
6. 烽火：古时边防报警的烟火，这里指安史之乱的战火。三月：连续三个月，指正月、二月、三月。
7. 抵：值，相当。
8. 白头：指白发。搔：用手指轻轻地爬梳。
9. 浑：简直。欲：想，要，就要。胜：经受，承受。簪：一种束发的首饰。古代男子蓄长发，成年后束发于头顶，用簪子横插过去，防止头发披散。

曲江[1]二首

一片花飞减却春，风飘万点正愁人。[2]
且看欲尽花经眼，莫厌伤多酒入唇。[3]
江上小堂巢翡翠，苑边高冢卧麒麟。[4]
细推物理须行乐，何用浮名绊此身。[5]

注释：

1. 曲江：又名曲江池，故址在今西安城南五公里处，原为汉武帝所造。唐玄宗开元年间大加整修，池水澄明，花卉环列。其南有紫云楼、芙蓉苑，西有杏园、慈恩寺。每于胜日，游客如云，是当时著名的游览胜地。
2. 减却春：减掉春色。万点：形容落花之多。花开为盛事，春意足十分，一片落花即削减了一分春色；此时风乍起，卷落的花朵不胜其数，盎然春意已萧瑟摇落大半了。
3. 且：暂且，姑且。经眼：从眼前经过。伤：伤感，忧愁。
4. 翡翠鸟已在曲江边的亭苑楼堂上筑了巢，而雄踞于巍巍坟冢边的石麒麟现今已倒伏在芙蓉花侧。此句承接上文自然物事的“转瞬即逝”，一气转入人间世事尤其功名利禄荣华富贵等的“转瞬即逝”，大厦顷刻倾倒，繁华最易湮灭，诗人于此发出深沉叹息。
5. 细细推究起来，恍然一切不过是过眼烟云，人生若许短暂，何不行乐尽欢？沽名钓誉最为不堪。推：推究，探究。物理：事物的道理。浮名：虚名。

朝回日日典春衣[1]，每日江头尽醉归。
酒债寻常行处有，人生七十古来稀。[2]
穿花蛱蝶深深见，点水蜻蜓款款飞。[3]
传语风光共流转，暂时相赏莫相违。[4]

注释：

1. 朝回：上朝回来。典：押当。
2. 行处：所到之处，所经之地。此四句是说，每日上朝回来，便将春衣拿去典当（此时暮春时节，出入仍着春衣，却将春衣逐一典当，盖冬衣已典当尽矣），所得资费何为？江头日日买醉，不醉不归。钱尽则赊，是以足迹所至之处皆欠下了酒债。如此豪饮不顾，只为深知人生区区几十载，追名逐利，何如恣意欢谑？
3. 深深：在花枝深处。见：现。款款：形容轻柔徐缓的样子。
4. 风光：春光。违：违背，错过。醉眼看尽春日胜景，且共流连盘桓，莫错过眼前过眼即逝的美。

梦李白[1]二首

死别已吞声，生别常恻恻。[2]
江南瘴疠地[3]，逐客无消息。
故人[4]入我梦，明我长相忆。
恐非平生魂，路远不可测。
魂来枫林青，魂返关山黑。[5]
君今在罗网，何以有羽翼？
落月满屋梁，犹疑照颜色。[6]
水深波浪阔，无使蛟龙得。[7]

注释：

1. 公元 758 年（乾元元年），李白被黜流放夜郎（治所在今贵州正安西北）。次年春，行至巫山遇赦，返江陵。杜甫当时远在北方，只知李白遭逐，未知其已赦还，忧思久而成梦，遂有此二首《梦李白》。
2. 吞声：极端悲恸，哭不出声来。恻恻：悲痛。
3. 瘴疠：疾疫。古代称江南为瘴疫之地。
4. 故人：老朋友，此指李白。
5. 枫林：李白放逐的西南之地多枫林。关山：现行版本亦作“关塞”，杜甫流寓的秦州之地多关塞。“魂来枫林青”出自《楚辞·招魂》：“湛湛江水兮上有枫，目极千里兮伤春心，魂兮归来哀江南！”旧说系宋玉为招屈原之魂而作。
6. 颜色：指容貌。醒来时，月光轻覆在房梁上，悬垂下来，李白的模样似乎正在那幅透彻晶莹里栩栩浮现。
7. 水深浪阔还须谨慎行路，小心失足落水为蛟龙所获。这是杜甫寄语李白多加珍重之意。

浮云终日行，游子久不至。[1]
三夜频梦君，情亲见君意。[2]
告归常局促[3]，苦道来不易。
江湖多风波，舟楫恐失坠。
出门搔白首，若负平生志。
冠盖满京华，斯人独憔悴。[4]
孰云网恢恢[5]，将老身反累。
千秋万岁名，寂寞身后事。[6]

注释：

1. 浮云：喻游子飘游不定。见浮云而思游子，是诗家比兴常例。《古诗十九首》有“浮云蔽白日，游子不顾反”。
2. 此二句与前诗“故人入我梦，明我长相忆”同处着眼。
3. 告归：辞别。局促：神思不宁的情态。
4. 冠盖：指达官显贵。冠，官帽。盖，车上的篷盖。斯人：指李白。京城里尽是冠冕仕宦，唯李白虽才气纵横，却不得其位，无从施展，失魂落魄。
5. 孰云：谁说。网恢恢：语出《老子》“天网恢恢，疏而不失”。
6. 纵然名姓足以亘古流传，却也只是身后之事，终究是生时不能知晓和享受的了。

雨 晴

天际秋云薄，从西万里风。
今朝好晴景，久雨不妨农。
塞柳行疏翠，山梨结小红。
胡笳楼上发，一雁入高空。[1]

注释：

1. 边塞雨后新晴，景物皆新。西风起兮秋气晴，虽久雨不碍秋收。柳疏梨结，乃深秋物候；而或翠或红，则经雨浣洗后色艳泽光。塞上胡笳因晴而愈响，而秋雁习听胡笳，今忽闻笳发而迅入晴空。

天末怀李白

凉风起天末，君子意如何。[1]

鸿雁几时到，江湖秋水多。[2]

文章憎命达，魑魅喜人过。[3]

应共冤魂语，投诗赠汨罗。[4]

注释：

1. 天末：天涯，天尽头。杜甫所处秦州位于边塞，自谓如在天之尽头。当时李白因永王李璘案被流放夜郎，彼此各在天一涯，迢迢不能相见。当是时凉风乍起，秋气清冷，遥问李白所感所怀者几许也？
2. 鸿雁：指书信。古代有鸿雁传书的说法。江湖：喻风波频起的坎坷路途。
3. 文学向来只眷顾时乖命蹇之人，而对抟扶摇而上者不予理会。命：命运，时运。魑魅：鬼怪，这里指坏人或邪恶势力。过：过错，过失。
4. 冤魂：指屈原。杜甫认为李白蒙冤放逐，正与屈原同，故应和屈原一起诉说冤屈。

赠卫八处士[1]

人生不相见，动如参与商。[2]
今夕是何夕[3]，共此灯烛光。
少壮能几时，鬓发各已苍[4]。
访旧半为鬼，惊呼热中肠。[5]
焉知二十载，重上君子堂。
昔别君未婚，男女忽成行[6]。
怡然敬父执[7]，问我来何方。
问答未及已，儿女罗酒浆。[8]
夜雨剪春韭，新炊间黄粱。[9]
主称[10]会面难，一举累十觞[11]。
十觞亦不醉，感子故意长[12]。
明日隔山岳，世事两茫茫。[13]

注释：

1. 公元 759 年（唐肃宗乾元二年）春，杜甫被贬任华州司功参军，自洛阳返回华州时，作本诗于途中。卫八处士：名与生平俱已不可考。处士，隐居不仕的人。
2. 动如：动不动就像。参商，二星宿名。典出《左传·昭公元年》："昔高辛氏有二子，伯曰阏伯，季曰实沈。居于旷林，不相能也。日寻干戈，以相征讨。后帝不臧，迁阏伯于商丘，主辰，商人是因，故辰为商星。迁实沈于大夏，主参，唐人是因，以服事夏商。"商星居于东方卯位（上午五点到七点），参星居于西方酉位（下午五点到七点），此出彼没，永无相见可能。故作此比，以喻人生动辄分离，相见无期。

3. 此句通行版本亦作“今夕复何夕”。

4. 苍：灰白色。就在时光流转不期然之时，居然能与老友相会于一盏灯烛之下，烛光荧荧然，照见的却是两个须发皤然的老者，那些正值少壮的时光早已湮没在奔波和风霜里了。

5. 旧：旧友，昔日的朋友。惊呼：灯下叙谈时忆及旧友，方知半数已殁，苟延性命于乱世的两人在震惊和慨叹中，更觉五内俱焚般的沉痛。

6. 成行：指儿女众多。

7. 父执：出自《礼记·曲礼》：“见父之执。”孔颖达疏：“父之执，谓执友与父同志者也。”执，意为至交、好友。

8. 未及已：还未等话说完。罗：罗列酒菜。

9. 间：读去声，掺和的意思。黄粱：即黄米。入夜雨冥冥，冒雨剪来的碧绿的春韭透出凛冽的芳香，刚出锅的米饭中掺和着金黄的小米，热气腾腾，直扑面颊。

10. 主：主人，即卫八处士。称：说。

11. 累：接连。觞：酒器。

12. 故意长：老朋友的情谊深厚绵长。

13. 山岳：此处指西岳华山。指不期而遇的短暂相聚后，诗人明日又要奔赴未知的征程。

兵车行[1]

车辚辚[2]，马萧萧[3]，行人[4]弓箭各在腰。
耶娘妻子走[5]相送，尘埃不见咸阳桥[6]。
牵衣顿足拦道哭，哭声直上干云霄。
道旁过者问行人，行人但云点行频[7]。
或[8]从十五北防河[9]，便至四十西营田[10]。
去时里正[11]与裹头[12]，归来头白还戍边。
边庭[13]流血成海水，武皇[14]开边[15]意未已。
君不闻，汉家山东[16]二百州，千村万落生荆杞[17]。
纵有健妇把锄犁，禾生陇亩无东西[18]。
况复秦兵耐苦战[19]，被驱不异犬与鸡。
长者[20]虽有问，役夫敢伸恨[21]！
且如今年冬，未休关西[22]卒。
县官急索租，租税从何出？
信知生男恶，反是生女好。
生女犹得嫁比邻，生男埋没随百草。
君不见，青海头[23]，古来白骨无人收。
新鬼烦冤旧鬼哭，天阴雨湿声啾啾[24]！

注释：

1. 本诗作于天宝中后期。当时唐王朝对西南的少数民族不断用兵。天宝八载（749），哥舒翰奉命进攻吐蕃，石堡城（在今西安北部）一役，死数万人。十载（751），剑南节度使鲜于仲通率兵八万进攻南诏（在今云南），军大败，死六万人。为补充兵力，杨国忠遣御史分道捕人，连枷送往军所，送行者哭声震野。
2. 辚辚：车轮声。
3. 萧萧：马嘶声。
4. 行人：指被征出发的男丁。
5. 走：奔跑。耶娘：即爷娘。
6. 咸阳桥：又名便桥，汉武帝所建，故址在今陕西咸阳市西南，唐代称咸阳桥，为从长安出发去西北的必经之路。
7. 点行频：频繁地征调壮丁。
8. 或：有的，有的人。
9. 北防河：当时常与吐蕃发生战争，曾征召陇右、关中、朔方诸军集结河西一带防御。因其地在长安以北，所以说“北防河”。
10. 西营田：古时实行屯田制，军队无战事即种田，有战事即作战。“西营田”也是防备吐蕃的。
11. 里正：唐制，每百户设一里正，负责管理户口、检查民事、催促赋役等。
12. 裹头：男子成丁，就裹头巾，犹古之加冠。古时以皂罗（黑绸）三尺裹头，曰头巾。新兵因为年纪小，所以需要里正给他裹头。
13. 边庭：边疆。
14. 武皇：汉武帝刘彻。这里借指唐玄宗。唐诗好以“汉”代“唐”，下文“汉家”也是指唐王朝。
15. 开边：用武力开拓边疆。
16. 山东：崤山或华山以东。
17. 荆杞：荆棘与杞柳，都是野生灌木。
18. 无东西：不分东西，意思是行列不整齐。
19. 况复：更何况。秦兵：指关中一带的士兵。耐苦战：能顽强苦战。
20. 长者：即上文的“道旁过者”，即杜甫。征人敬称他为“长者”。

21. 役夫敢伸恨：哪里敢诉说心中的冤屈愤恨，此是征人自言。伸：即“申”，申诉。

22. 关西：函谷关以西的地方。

23. 青海头：即青海边。自汉至唐，汉人经常在此处与西北少数民族发生战争。

24. 啾啾：象声词，形容凄厉的哭叫声。

前出塞九首之六[1]

交河：西北地名，属唐时吐蕃。

戚戚去故里，悠悠赴交河。[2]

公家[3]有程期，亡命婴祸罗。

君已富土境，开边[4]一何多。

弃绝父母恩，吞声行负戈。

注释：

1. 杜甫作《前出塞》组诗共九首，傅选为其一、其三、其四、其五、其六、其七。
2. 戚戚：愁苦貌。悠悠：遥远貌。去：离开。
3. 公家：犹官家。奔赴交河服役有时间限制，但如果逃命，又难逃法网制裁。唐行"府兵制"，士兵有户籍，脱逃则累及父母妻子。
4. 开边：开拓疆土。

磨刀呜咽水[1]，水赤刃伤手。
欲轻肠断声[2]，心绪乱已久。
丈夫[3]誓许国，愤惋复何有！
功名图麒麟[4]，战骨当速朽。

麒麟阁：汉代画功名像以志纪念之阁。

注释：

1. 呜咽水：指陇头水。《三秦记》载，陇山顶有泉，清水四注，俗歌：陇头流水，鸣声呜咽。遥望秦川，肝肠欲绝。
2. 轻：漠视，当作没听见。肠断声：指呜咽的水声。
3. 丈夫：犹言“男儿”“健儿”或“壮士”，是征夫自谓。
4. 图麒麟：西汉宣帝曾图画霍光、苏武等功臣一十八人于麒麟阁。

送徒既有长[1]，远戍亦有身[2]。

生死向前去，不劳吏怒嗔。[3]

路逢相识人，附书与六亲[4]。

哀哉两决绝，不复同苦辛。[5]

注释：

1. “徒长”指率领（其实是押解）征夫的头目，刘邦、陈胜都曾做过徒长。
2. 远戍：征夫自谓。亦有身：也有一条命，也是一个人。
3. 无论死活我们都自会向前，决不畏缩后退，用不着你们这些徒长发怒斥骂。
4. 附书：即捎信儿。六亲：是父母兄弟妻子。
5. 将与亲人永诀，非但不能同欢，苦亦不能共担，怨尤之甚也。

迢迢万里余，领我赴三军。

军中异苦乐[1]，主将宁尽闻。

隔河[2]见胡骑[3]，倏忽数百群。

我始为奴仆，几时树功勋？

注释：

1. 异苦乐：言苦乐不均。

2. 河：即交河。

3. 骑：指骑兵。

挽[1]弓当挽强，用箭当用长[2]。

射人先射马，擒[3]贼先擒王。

杀人亦有限，立国自有疆[4]。

苟能[5]制侵陵[6]，岂[7]在多杀伤？

注释：

1. 挽：拉。
2. 长：指长箭。
3. 擒：捉拿。
4. 疆：边界。立：一作列。
5. 苟能：如果能。
6. 侵陵：侵犯。
7. 岂：难道。

驱马天雨雪[1]，军行入高山。
径危[2]抱寒石，指落[3]层冰间。
已去汉月[4]远，何时筑城还？
浮云暮南征，可望不可攀。

注释：

1. 雨雪：即下雪。雨，作动词，去声。
2. 径危：险峻的山路。
3. 指落：手指被冻落。
4. 汉月：指祖国。去：离开。

后出塞五首之二[1]

男儿生世间，及壮当封侯。
战伐有功业，焉能守旧邱[2]？
召募赴蓟门[3]，军动不可留。
千金装马鞍[4]，百金装刀头。
闾里送我行，亲戚拥道周[5]。
斑白居上列[6]，酒酣进庶羞[7]。
少年别有赠，含笑看吴钩[8]。

蓟：音计，蓟门，北方地名，一说即今北京某门。

斑白：白发老翁。

吴钩：刀名。

注释：

1. 杜甫作《后出塞》组诗共五首，傅选为其一、其二。
2. 旧邱：即“旧丘”，犹故园。
3. 召募，这时已实行募兵制的“扩骑”。蓟门：在今北京一带，当时属范阳节度使安禄山管辖。
4. 此句现通行版本作“千金买马鞍”。
5. 道周：即道边。
6. 居上列：坐在上位。
7. 庶羞：多种菜肴。
8. 吴钩：春秋时吴王阖闾所制之刀，后通用为宝刀名。

朝进东门营[1]，暮上河阳桥[2]。
落日照大旗[3]，马鸣风萧萧。
平沙列万幕[4]，部伍各见招[5]。
中天悬明月，令严夜寂寥。[6]
悲笳数声动，壮士惨不骄。[7]
借问大将谁？恐是霍嫖姚[8]。

注释：

1. 东门营：驻扎在洛阳东面上东门的军营。
2. 河阳桥：位于河南孟津，是黄河上的浮桥，晋杜预造，通河北。
3. 大旗：指战旗。
4. 幕：帐幕。列：整齐排列。
5. 因要宿营，所以各自集合各自的部队。
6. 军令森严，故万幕无声，只见明月高挂，四野阒寂。
7. 悲笳：静营号声。军令既严，笳声复悲，故“惨不骄”。
8. 霍嫖姚：指西汉大将霍去病。汉武帝时霍去病为嫖姚校尉。

新安吏

新安：河南县名。

客[1]行新安道，喧呼闻点兵。
借问新安吏："县小更[2]无丁？"
"府帖昨夜下，次[3]选中男行。"
"中男[4]绝短小，何以守王城？"

伶俜：行不正也。俜，音平。

肥男有母送，瘦男独伶俜[5]。
白水暮东流，青山犹哭声。
"莫自使眼枯，收汝泪纵横。
眼枯即见骨，天地终无情！
我军取相州[6]，日夕望其平。
岂意贼难料，归军星散营。
就粮近故垒，练卒依旧京[7]。
掘壕不到水[8]，牧马役亦轻。

仆射：唐宰相官职。

况乃王师顺，抚养甚分明。
送行勿泣血，仆射[9]如父兄。"

注释：

1. 客：杜甫自谓。
2. 更：岂。
3. 次：依次。
4. 中男：指十八岁以上、二十三岁以下成丁。这是唐天宝初年兵役制度的规定。
5. 伶俜：孤单无依。
6. 相州：即《石壕吏》中“三男邺城戍”之“邺城”，今河南安阳。
7. 旧京：指东都洛阳。
8. 不到水：指掘壕很浅。
9. 仆射：唐官职名，此处指郭子仪。

潼关吏[1]

士卒何草草[2]，筑城潼关道。

铁不如：言其坚也。

大城铁不如，小城万丈余。[3]

借问潼关吏：修关还备胡[4]？

要[5]我下马行，为我指山隅：

战格：即战栅。

“连云列战格，飞鸟不能逾。

胡：古人统称西方之异族。

胡来但自守，岂复忧西都[6]？

丈人[7]视要处，窄狭容单车。

桃林：自河南灵宝以西至潼关皆名桃林。

艰难奋长戟[8]，千古用一夫。

哀哉桃林战，百万化为鱼。

哥舒：为唐将。

请嘱防关将，慎勿学哥舒。”

注释：

1. 此诗作于唐肃宗乾元二年（759）。诗题下有小注："安禄山兵北，哥舒翰请坚守潼关，明皇听杨国忠言，力趣出兵，翰抚膺恸哭而出。兵至灵宝溃，关遂失守。"潼关：在华州华阴县东北，因关西一里有潼水而得名。
2. 草草：疲劳不堪之貌。
3. 上句言坚，下句言高。城在山上故曰万丈余。
4. 备胡：指防备安史叛军。
5. 要：同"邀"，邀请。
6. 西都：与东都对称，指长安。
7. 丈人：关吏对杜甫的尊称。
8. 艰难：战事紧急之时。奋：挥动。

石壕[1]吏

暮投[2]石壕村，有吏[3]夜捉人。
老翁逾墙走[4]，老妇出门看。
吏呼一何[5]怒！妇啼一何苦！
听妇前致词："三男邺城戍[6]。
一男附书至[7]，二男新[8]战死。
存者且偷生，死者长已矣！"
"室中更无人，惟有乳下孙[9]。
有孙母未去[10]，出入无完裙[11]。"
"老妪[12]力虽衰，请从吏夜归。
急应河阳役[13]，犹得备晨炊。"
夜久语声绝，如闻泣幽咽[14]。
天明登前途[15]，独与老翁别。

注释：

1. 石壕：村名，在今河南陕县东。
2. 投：投宿。
3. 吏：这里指抓壮丁的差役。
4. 逾：越过，翻过。走：这里指逃跑。
5. 一何：何其，多么。
6. 邺城：即相州，在今河南安阳。戍：防守，这里指服役。
7. 附书至：捎信回来。

8. 新：最近，刚刚。

9. 乳下孙：正在吃奶的孙子。

10. 去：离开，这里指改嫁。

11. 完裙：完整的衣服。

12. 老妪：老婆子，这里是老妇自称。

13. 应：响应。河阳：今河南省洛阳市吉利区（原河南省孟县），当时唐王朝官兵与叛军在此对峙。

14. 泣幽咽：低微断续的哭声。

15. 明：天亮之后。登前途：踏上前行的路。

新婚别

兔丝：为蔓草，当附着于松柏，今附于蓬麻，故不能引长也。

兔丝附蓬麻，引蔓固不长。
嫁女与征夫，不如弃路旁。
结发为君妻，席不暖君床。
暮婚晨告别，无乃[1]太匆忙。
君行虽不远，守边赴河阳。
妾身[2]未分明，何以拜姑嫜[3]？
父母养我时，日夜令我藏[4]。

将：率领也。

生女有所归[5]，鸡狗亦得将[6]。
君今往死地，沉痛迫中肠。

苍黄：同仓皇，即慌张之意。

誓欲随君去，形势反苍黄。
勿为新婚念，努力事戎行[7]。
妇人在军中，兵气恐不扬。
自嗟贫家女，久致罗襦裳[8]。
罗襦不复施，对君洗红妆[9]。
仰视百鸟飞，大小必双翔。

迕：音午，遇也，逆也。

人事多错迕[10]，与君永相望[11]。

注释：

1. 无乃：岂不是。
2. 身：身份，指在新家中的名分地位。唐代习俗，嫁后三日，始上坟告庙，才算成婚。仅宿一夜，婚礼尚未完成，故身份不明。
3. 姑嫜：婆婆、公公。
4. 藏：深居闺中，不随便见外人。
5. 归：古代女子出嫁称“归”。
6. 将：带领，相随。此句即俗语所说的“嫁鸡随鸡，嫁狗随狗”。
7. 事戎行：从军打仗。戎行，军队。
8. 久致：许久才制成。襦：短衣。裳：下衣。
9. 不复施：不再穿。洗红妆：洗去脂粉，不再打扮。
10. 错迕：错杂交迕，不如意的意思。
11. 永相望：永远盼望重聚。表忠贞之意。

垂老别

四郊[1]未宁静，垂老[2]不得安。
子孙阵亡尽，焉用身独完[3]。
投杖[4]出门去，同行为辛酸。
幸有牙齿存，所悲骨髓干[5]。
男儿既介胄，长揖[6]别上官[7]。
老妻卧路啼，岁暮衣裳单。
孰知是死别，且复伤其寒。
此去必不归，还闻劝加餐。
土门壁甚坚，杏园度亦难。[8]
势异[9]邺城下，纵死时犹宽。
人生有离合，岂择盛衰端[10]。
忆昔少壮日，迟回竟长叹[11]。
万国尽征戍，烽火被冈峦[12]。
积尸草木腥，流血川原丹。[13]
何乡为乐土，安敢尚盘桓[14]？
弃绝蓬室[15]居，塌然伤肺肝[16]。

介胄：身穿甲胄。

注释：

1. 四郊：指京城四周之地。
2. 垂老：将老。
3. 焉用：有何用处，又有何益。身独完：独自存活。
4. 投杖：扔掉拐杖。
5. 骨髓干：形容筋骨衰老。
6. 长揖：拱手高举，自上而下。
7. 上官：指地方官吏。
8. 土门：即土门口，在河阳附近，是当时唐军防守的重要据点。杏园：在今河南省卫辉市东南，为当时唐军防守的重要据点。
9. 势异：形势变化。
10. 岂择：岂能选择。端：端绪，思绪。此句通行版本作“岂择衰老端”。
11. 迟回：徘徊。竟：终。
12. 被冈峦：布满山冈。
13. 尸横遍野，草木因之腥臭；血流成河，川原尽被染红。丹：红。
14. 安敢：怎敢。盘桓：留恋不忍离去。
15. 蓬室：茅屋。
16. 塌然：形容悲痛欲绝之状。伤肺肝：一作“摧肺肝”，心肝崩裂、肝肠寸断。

无家别

蒿藜：野草名。

寂寞天宝后[1]，园庐但蒿藜[2]。
我里百余家，世乱各东西。
存者无消息，死者为尘泥。
贱子因阵败[3]，归来寻旧蹊[4]。
久行见空巷，日瘦气惨凄。
但对狐与狸，竖毛怒我啼[5]。
四邻何所有，一二老寡妻。
宿鸟恋本枝，安辞且穷栖。
方春独荷锄，日暮还灌畦。
县吏知我至，召令习鼓鞞[6]。
虽从本州役，内顾无所携[7]。
近行止一身，远去终转迷[8]。
家乡既荡尽，远近理亦齐[9]。
永痛长病母，五年委沟溪[10]。
生我不得力，终身两酸嘶[11]。
人生无家别，何以为蒸黎[12]。

日瘦：日色无光也。

蒸黎：庶民也。

注释：

1. 天宝后：安史之乱以后。
2. 庐：即居住的房屋。安禄山乱后，眼前四野荒芜，唯有野草疯长。
3. 贱子：这位无家者的自谓。阵败：指邺城之败。
4. 旧蹊：旧路，此指故里。
5. 怒我啼：对着我愤怒地啼叫。
6. 习：练习，操习。鼓鞞：同“鼓鼙”，指大鼓和小鼓，古代军中用来发号进攻，多以此借指军事。
7. 携：即离。无所携，是说家里没有可以告别的人。
8. 终转迷：终究是前途迷茫，生死凶吉难料。
9. 齐：齐同。家乡已经一无所有，在本州当兵和在外县当兵都是一样的。
10. 从天宝十四载安禄山作乱到这一年正是五年。委沟溪：指母亲葬在山谷里。
11. 酸嘶：失声痛哭。两酸嘶：指母子二人皆如此。
12. 蒸黎：指劳动人民，黎民百姓。蒸，众。黎，黑。

丽人行

三月三日[1]天气新，长安水边多丽人。
态浓意远淑且真[2]，肌理细腻骨肉匀。
绣罗衣裳照暮春，蹙金孔雀银麒麟[3]。
头上何所有？翠为㔩叶垂鬓唇[4]。
背后何所见？珠压腰衱[5]稳称身。
就中云幕椒房亲，赐名大国虢与秦。[6]
紫驼之峰出翠釜，水精之盘行素鳞。[7]
犀箸厌饫久未下，鸾刀缕切空纷纶。[8]
黄门飞鞚不动尘，御厨络绎送八珍。[9]
箫鼓哀吟感鬼神，宾从杂遝实要津[10]。
后来鞍马何逡巡[11]，当轩下马入锦茵。
杨花雪落覆白蘋[12]，青鸟飞去衔红巾[13]。
炙手可热势绝伦，慎莫近前丞相嗔。[14]

遝：音他，去声。杂遝：众多貌。

注释：

1. 三月三日为上巳日，唐代长安士女多于此日到城南曲江游玩踏青。
2. 态浓：姿态浓艳。意远：神气高远。淑且真：谓其端庄。
3. 此句形容用金银线镶绣着孔雀和麒麟的华丽衣裳。
4. 翠为：一作"翠微"，薄薄的翡翠片。盍(è)叶：一种首饰。鬓唇：鬓边。
5. 珠压：缀珠其上，压而下垂，使不被风吹起。腰衱：裙带。
6. 云幕：指宫中的云状帷幕。椒房：汉代皇宫以椒和泥涂壁，使温暖、芳香，并象征多子。后泛指后妃的居室。"赐名"句指天宝七载（748）唐玄宗赐封杨贵妃的大姐为韩国夫人，三姐为虢国夫人，八姐为秦国夫人。
7. 紫驼之峰：即驼峰，是一种珍贵的食品。釜：一种锅。水精：即水晶。行：传送。素鳞：指鱼。
8. 犀箸：犀牛角做的筷子。厌饫(yù)：吃腻。鸾刀：带鸾铃的刀。缕切：细切。空纷纶：厨师们白忙活一场，豪贵们感到腻味，不怎么动筷。
9. 黄门：宦官。飞鞚：驰马如飞。鞚，马笼头。御厨：指为皇帝做膳食的人。八珍：形容珍美食品很多。
10. 宾从：宾客随从。要津：本指重要渡口，这里喻指杨国忠兄妹的家门。
11. 逡巡：原意为欲进不进，这里是顾盼自得的意思。
12. "杨花"句是隐语，"杨花覆蘋"影射杨国忠与其从妹虢国夫人的暧昧关系；又暗接北魏胡太后和杨白花私通事以为射，因太后曾作"杨花飘荡落南家""愿衔杨花入窠里"诗句。
13. 青鸟：神话中鸟名，西王母使者。相传西王母将见汉武帝时，先有青鸟飞集殿前，后常被用作男女之间的信使。
14. "炙手"二句：言杨氏权倾朝野，气焰灼人，无人能比。丞相：指杨国忠，天宝十一载（752）十一月为右丞相。嗔：发怒。

彭衙[1]行

忆昔避贼初，北走经险艰。
夜深彭衙道，月照白水山[2]。
尽室久徒步，逢人多厚颜。[3]
参差谷鸟吟，不见游子还。
痴女饥咬我，啼畏虎狼闻。
怀中掩其口，反侧声愈嗔[4]。
小儿强解事，故索苦李餐。[5]
一旬半雷雨，泥泞相牵攀。
既无御雨备，径滑衣又寒。
有时经契阔[6]，竟日[7]数里间。
野果充糇粮，卑枝成屋椽。[8]
早行石上水，暮宿天边烟。
少留同家洼[9]，欲出芦子关。
故人有孙宰[10]，高义薄曾云。
延客已曛黑，张灯启重门。
暖汤濯我足，翦纸招我魂[11]。
从此出妻孥，相视涕阑干[12]。
众雏烂漫睡，唤起沾盘飧。[13]

誓将与夫子[14]，永结为弟昆。

遂空所坐堂，安居奉我欢。

谁肯艰难际，豁达露心肝。

别来岁月周[15]，胡羯[16]仍构患。

何当有翅翎，飞去堕尔前。

注释：

1. 彭衙：在陕西白水县东北六十里，即现在的彭衙堡。这是一首感谢朋友相助的诗，记载了一年前杜甫携家逃难避于孙宰家的经历。
2. 白水山：白水县的山。杜甫于至德元载（756）六月自白水逃难至鄜州。
3. 尽室：犹全家。多厚颜：觉得很不好意思。
4. 反侧：挣扎。声愈嗔：声愈大。
5. 强解事：自以为懂得道理。索：索取。
6. 经契阔：是说路上经过那些特别艰险之地。
7. 竟日：整天。
8. 糇粮：干粮。屋椽：指房屋。
9. 少留：短暂停留。同家洼：即孙宰的家。
10. 宰：是唐人对县令的一种尊称，孙大概做过县令。
11. 翦：即“剪”。剪纸招魂，是古时风俗。此处谓孙宰给诗人一家压惊。
12. 阑干：涕泪纵横状。
13. 众雏：孩子们。沾：含感激意。飧：晚餐。
14. 夫子，是孙宰谓杜甫。
15. 岁月周：满一年。
16. 胡羯：指安史叛军。

茅屋为秋风所破歌

罥：音捐，挂也。

八月秋高风怒号，卷我屋上三重茅。
茅飞渡江洒江郊，高者挂罥长[1]林梢，
下者飘转沉塘坳[2]。
南村群童欺我老无力，忍能对面为盗贼。
公然抱茅入竹去，唇焦口燥呼不得，
归来倚杖自叹息。
俄顷[3]风定云墨色，秋天漠漠向昏黑[4]。
布衾[5]多年冷似铁，娇儿恶卧踏里裂[6]。
床头屋漏无干处，雨脚如麻[7]未断绝。
自经丧乱[8]少睡眠，长夜沾湿何由彻[9]。
安得[10]广厦[11]千万间，
大庇[12]天下寒士[13]俱欢颜,风雨不动安如山。
呜呼！何时眼前突兀见此屋，
吾庐独破受冻死亦足。

注释：

1. 长：高。
2. 塘坳：低洼积水的地方。坳，水边低地。
3. 俄顷：不久，顷刻间。
4. 指秋季的天空阴沉迷蒙，渐渐黑了下来。向，接近。
5. 布衾：布质的被子。
6. 恶卧：睡相不好，脚乱蹬，把被里子都蹬破了。裂：使动用法，使……破裂。
7. 雨脚如麻：形容雨点不间断，像下垂的麻线一样密集。雨脚，雨点。
8. 丧乱：战乱，指安史之乱。
9. 沾湿：潮湿不干。何由彻：如何才能挨到天亮。彻，彻晓。
10. 安得：如何能得到。
11. 广厦：宽敞的大屋。
12. 庇：遮盖，掩护。
13. 寒士：泛指贫寒的士人们。

佳人

绝代有佳人[1]，幽居在空谷。
自云良家子，零落依草木[2]。
关中昔丧败[3]，兄弟遭杀戮。
官高何足论，不得收骨肉。[4]
世情恶[5]衰歇，万事随转烛。

转烛：言世事变幻莫测也。

夫婿轻薄儿，新人[6]美如玉。
合昏尚知时，鸳鸯[7]不独宿。

合昏：槿也，花晨开暮合。

但见新人笑，那闻旧人哭。
在山泉水清，出山泉水浊。
侍婢卖珠回，牵萝补茅屋。[8]
摘花不插发，采柏动[9]盈掬。

柏：为坚贞之象征。

天寒翠袖薄，日暮倚修竹。

掬：一掬即一握。

注释：

1. 绝代：冠绝当代，举世无双。佳人：貌美的女子。
2. 零落：飘零沦落。依草木：住在山林中。
3. 丧败：指遭逢安史之乱。此句通行版本作“关中昔丧乱”。
4. 官高：指娘家官阶高。骨肉：指遭难的兄弟。
5. 恶：厌恶，嫌弃。
6. 新人：指丈夫新娶的妻子。
7. 鸳鸯：水鸟，雌雄成对，日夜不离。
8. 卖珠：卖掉珠宝。牵萝：牵扯藤萝。
9. 动：往往。

水槛[1]遣心

去郭轩楹敞[2]，无村眺望赊[3]。

澄江平少岸[4]，幽树晚多花。

细雨鱼儿出，微风燕子斜。

城中十万户，此地两三家。[5]

注释：

1. 水槛：指水亭之槛，可以凭槛眺望。
2. 去郭：远离城郭。轩：有窗的长廊或小屋。楹：堂屋前部的柱子。“轩楹”泛指草堂中的建筑。敞：轩敞，开阔。
3. 因附近无村庄遮蔽，故可望远。赊：长，远。
4. 清澈的江水高与岸平，因而眺望时江碧满眼，很少看到江岸。
5. “城中十万户”与“此地两三家”两相对照，见得此地之清幽僻静。城中：指成都。

遣 兴

蓬生非无根，漂荡随高风。
天寒落万里，不复归本丛。[1]
客子念故宅[2]，三年门巷空。
怅望但烽火，戎车满关东[3]。
生涯能几何，常在羁旅中。

注释：

1. 蓬草入秋则枯，风卷而飞，故名飞蓬。常用来比喻游子漂泊在外行游不定。
2. 客子：客居他乡的人，杜甫自称。故宅：故乡的宅院。
3. 戎车：兵车。关东：函谷关以东。

客　至[1]

舍[2]南舍北皆春水，但见群鸥日日来。
花径不曾缘客扫，蓬门今始为君开。[3]
盘飧市远无兼味，樽酒家贫只旧醅。[4]
肯与邻翁相对饮，隔篱呼取尽余杯。[5]

注释：

1. 杜甫自注："喜崔明府相过。""客"即指崔明府。明府：唐人对县令的称呼。相过：即探望、相访。
2. 舍：指自家院舍。
3. 花径：两侧长满花草的小路。蓬门：用蓬草编成的门户，形容居室贫陋。
4. 市远：距离市集遥远。兼味：两种以上的菜肴。无兼味，谦言菜品稀少。樽：酒器。旧醅：隔年的陈酒。
5. 肯：能否允许，这是向客人征询。余杯：余下未喝的酒。

贫交行

翻手作云覆手雨[1]，纷纷轻薄何须数[2]。

君不见管鲍[3]贫时交，此道今人弃如土[4]。

注释：

1. 覆：颠倒。此句谓人反复无常。
2. 轻薄：轻佻浮薄，不敦厚。何须数：意谓数不胜数。数，计数。
3. 管鲍：指管仲和鲍叔牙。后世用“管鲍之交”指深厚的友谊。
4. 今人：指轻薄辈。弃：抛弃，丢弃。

绝句漫兴[1]

肠断春江欲尽头，杖藜徐步出芳洲[2]。

颠狂柳絮因风舞，轻薄桃花逐水流。

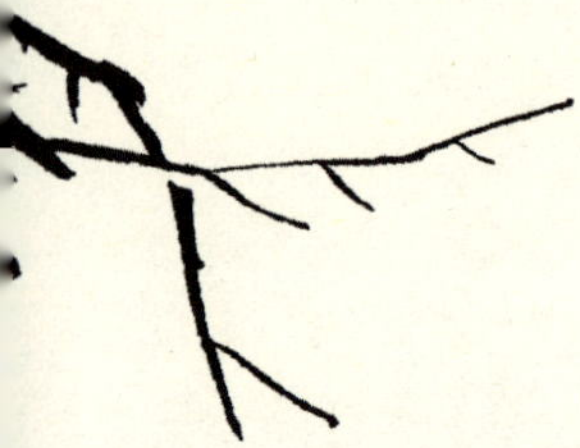

注释：

1. 漫兴：兴之所至，信手写来。此组诗共九首，此为其五。
2. 芳洲：长满花草的水中陆地。

赠花卿[1]

锦城丝管日纷纷[2]，半入江风半入云。

此曲只应天上[3]有，人间那得几回闻[4]。

注释：

1. 花卿：成都尹崔光远的部将花敬定。
2. 锦城：指成都。丝管：弦乐器和管乐器，泛指音乐。纷纷：接连不断。
3. 天上：双关语，虚指天宫，实指皇宫。
4. 那得几回闻：通行版本作“能得”。指寻常百姓很少能听到。

绝句二首

迟日[1]江山丽，春风花草香。
泥融[2]飞燕子，沙暖睡鸳鸯。

注释：

1. 迟日：春日。
2. 泥融：这里指泥土滋润、湿润。

然：即燃。

江碧鸟[1]逾白，山青花欲然[2]。
今春看又过，何日是归年。

注释：

1. 鸟：指江鸥。
2. 花欲然：花如火般鲜红，几欲燃烧起来。

七　绝

两个黄鹂鸣翠柳，一行白鹭上青天。

窗含西岭千秋雪[1]，门泊东吴万里船[2]。

注释：

1. 西岭：西岭雪山。千秋雪：千年不化的积雪。

2. 泊：停泊。万里船：不远万里驶来的船只。

登 高[1]

风急天高猿啸哀[2]，渚清沙白鸟飞回[3]。
无边落木萧萧下[4]，不尽长江滚滚来。
万里悲秋常作客[5]，百年[6]多病独登台。
亭：即“停”。 艰难苦恨繁霜鬓[7]，潦倒新亭浊酒杯[8]。

注释：

1. 作于唐代宗大历二年（767）秋天的重阳节。重阳有登高望远之俗。
2. 猿啸哀：指猿啼之音凄厉哀转。
3. 渚：水中的小块陆地。鸟飞回：鸟在急风中飞舞盘旋。
4. 落木：指飘落的秋叶。萧萧：形容落叶的声响。傅录为“无边木叶萧萧下”，给牛恩德的古诗读本及给傅聪的信中均为“无边落木萧萧下”，故取此。
5. 远离故乡，长期漂泊在外，逢秋则悲寥落。
6. 百年：犹言一生，这里特指暮年时期。
7. 艰难：兼指国运和自身遭际，时艰运蹇。苦恨：极恨，极其遗憾。繁霜鬓：白发增多。繁，这里作动词，增多。
8. 潦倒：衰颓，失意。新亭：刚刚停止。亭，通“停”。杜甫晚年因病戒酒，所以说“新亭”。

白居易诗选

上阳人[1]

上阳人，上阳人，红颜暗老白发新。
绿衣监使[2]守宫门，一闭上阳多少春。
玄宗末岁初选入，入时十六今六十。
同时采择百余人，零落年深残此身。
忆昔吞悲别亲族，扶入车中不教哭。
皆云入内便承恩[3]，脸似芙蓉胸似玉。
未容君王得见面，已被杨妃遥侧目[4]。
妒令潜配上阳宫，一生遂向空房宿。
宿空房，秋夜长，夜长无寐天不明。
耿耿残灯背壁影，萧萧暗雨打窗声。[5]
春日迟，日迟独坐天难暮。
宫莺百啭愁厌闻，梁燕双栖老休妒。
莺归燕去长悄然，春往秋来不记年。
唯向深宫望明月，东西四五百回圆。
今日宫中年最老，大家遥赐尚书[6]号。
小头鞵履[7]窄衣裳，青黛点眉眉细长。
外人不见见应笑，天宝末年时世妆。
上阳人，苦最多。
少亦苦，老亦苦，少苦老苦两如何！

君不见昔时吕尚美人赋，

又不见今日上阳宫人白发多！[8]

注释：

1. 上阳：即上阳宫，在唐东都洛阳皇宫内苑东。上阳人：诗中那位年老宫女。
2. 绿衣监使：内侍省掖庭局的宫教、监作等。唐制中，这类官员着深绿或淡绿衣。
3. 承恩：蒙受恩泽，指为皇帝宠幸。
4. 杨妃：杨贵妃。遥侧目：远远地用斜眼看人，此表嫉妒。
5. 耿耿：形容冷清状；萧萧：形容风雨声。
6. 尚书：官职名。皇帝赏赐尚书的官名于此年老宫女以示安抚意，岂安抚得了那样多年华暗度。
7. 鞵、履：都是指鞋。
8. 美人赋：作者自注为“天宝末，有密采艳色者，当时号花鸟使，吕向献《美人赋》以讽之”。此句现行版本作“君不见昔时吕向美人赋，又不见今日上阳宫人白发歌”。

折臂翁

新丰[1]老翁八十八，头鬓眉须皆似雪。
玄孙[2]扶向店前行，左臂凭肩[3]右臂折。
问翁臂折来几年，兼问致折何因缘[4]。
翁云贯属新丰县，生逢圣代[5]无征战。
惯听梨园[6]歌管声，不识旗枪与弓箭。
无何天宝大征兵，户有三丁点一丁。
点得驱将何处去，五月万里云南[7]行。
闻道云南有泸水[8]，椒花落时瘴烟[9]起。
大军徒涉水如汤[10]，未过十人二三死。
村南村北哭声哀，儿别耶娘夫别妻。
皆云前后征蛮者，千万人行无一回。
是时翁年二十四，兵部牒中有名字。
夜深不敢使人知，偷将大石捶折臂。
张弓簸[11]旗俱不堪，从兹使免征云南。
骨碎筋伤非不苦，且图拣退归乡土。
此臂折来六十年，一肢虽废一身全。
至今风雨阴寒夜，直到天明痛不眠。
痛不眠，终不悔，且喜老身今独在。
不然当时泸水头，身死魂孤骨不收。

应作云南望乡鬼，万人冢上哭呦呦[12]。

老人言，君听取。

君不闻开元宰相宋开府，不赏边功防黩武。[13]

又不闻天宝宰相杨国忠[14]，欲求恩幸立边功。

边功未立生民怨[15]，请问新丰折臂翁。[16]

注释：

1. 新丰：县名。故城在今陕西省西安市临潼区东北。
2. 玄孙：孙子的孙子。
3. 左臂凭肩：左臂扶在玄孙肩上。
4. 因缘：缘故，缘由。
5. 圣代：指政治清明、社会稳定、百姓安稳的时代。
6. 梨园：玄宗时宫廷中教习歌舞的机构。
7. 云南：此处指南诏。
8. 泸水：今雅砻江下游及金沙江会合雅砻江以后的一段江流。
9. 瘴烟：即瘴气，南方山林间湿热蒸郁致人疾病之气。
10. 徒涉：蹚水过河。汤：热水。
11. 簸：摇动。
12. 万人冢：当年南诏收葬唐朝将士尸骨的墓冢，被称为“万人冢”“万人堆”或“千人堆”，现遗迹尚存。呦呦：哭泣声。
13. 宋开府：指宋璟，开元时贤相。黩武：滥用武力，好战。
14. 杨国忠：天宝十一载（752）拜相。
15. 此句现行版本为“边功未立生人怨”。
16. 作者自注：“天宝末，杨国忠为相，重结阁罗凤之役，募人讨之，前后发二十余万众，去无返者。又捉人连枷赴役，天下怨哭，人不聊生，故禄山得乘人心而盗天下。元和初，而折臂翁犹存，因备歌之。”

杜陵叟[1]

杜陵叟，杜陵居，岁种薄田[2]一顷余。
三月无雨旱风起，麦苗不秀多黄死。
九月降霜秋早寒，禾穗未熟皆青干。
长吏明知不申破，急敛暴征求考课[3]。
典[4]桑卖地纳官租，明年衣食将何如？
剥我身上帛，夺我口中粟。
虐人害物即豺狼，何必钩爪锯牙食人肉？
不知何人奏皇帝，帝心恻隐[5]知人弊[6]。
白麻纸上书德音，京畿[7]尽放今年税。
昨日里胥[8]方到门，手持尺牒[9]榜[10]乡村。
十家租税九家毕，虚受吾君蠲免[11]恩。

注释：

1. 诗题下有自注："伤农夫之困也。"
2. 薄田：贫瘠的田地。
3. 考课：指古代考核政绩。
4. 典：抵押。
5. 恻隐：见人遭遇不幸而心有所不忍。
6. 弊：衰落，疲惫。
7. 京畿：国都及其行政官署所辖地区。
8. 里胥：古代指地方上的一里之长，负责管理乡里事务。
9. 牒：文书。
10. 榜：张贴，张榜。
11. 蠲免：除去，免除。

母别子

母别子，子别母，白日无光哭声苦。
关西骠骑大将军，去年破虏新策勋[1]。
敕赐金钱二百万，洛阳迎得如花人。
新人迎来旧人弃，掌上莲花眼中刺。
迎新弃旧未足悲，悲在君家有两儿。
一始扶行一初坐，坐啼行哭牵人衣。
以汝夫妇新燕婉，使我母子生别离。
不如林中乌与鹊，母不失雏[2]雄伴雌。
应似园中桃李树，花落随风子住枝。
新人新人听我语，洛阳无限红楼女。
但愿将军重立功，更有新人胜于汝。

注释：

1. 策勋：记功勋于策书之上，指功勋获得嘉奖。
2. 雏：小鸟。

长恨歌

汉皇重色思倾国[1]，御宇[2]多年求不得。
杨家有女初长成，养在深闺人未识。[3]
天生丽质难自弃，一朝选在君王侧。
回眸一笑百媚生，六宫粉黛无颜色[4]。
春寒赐浴华清池[5]，温泉水滑洗凝脂[6]。
侍儿扶起娇无力，始是新承恩泽时。
云鬓花颜金步摇[7]，芙蓉帐[8]暖度春宵。
春宵苦短日高起，从此君王不早朝。
承欢侍宴无闲暇，春从春游夜专夜。
后宫佳丽三千人，三千宠爱在一身。
金屋妆成娇侍夜，玉楼宴罢醉和春。
姊妹弟兄皆列土，可怜光彩生门户。[9]
遂令天下父母心，不重生男重生女。
骊宫[10]高处入青云，仙乐风飘处处闻。
缓歌漫舞凝丝竹[11]，尽日君王看不足。
渔阳鞞鼓动地来，惊破霓裳羽衣曲。[12]
九重城阙烟尘生[13]，千乘万骑西南行。
翠华摇摇行复止，西出都门百余里。
六军不发无奈何，宛转蛾眉马前死。

花钿委地无人收，翠翘金雀玉搔头。[14]

君王掩面救不得，回看血泪相和流。

黄埃散漫风萧索，云栈萦迂登剑阁[15]。

峨嵋山[16]下少人行，旌旗无光日色薄。

蜀江水碧蜀山青，圣主朝朝暮暮情。

行宫[17]见月伤心色，夜雨闻铃肠断声。

天旋日转回龙驭[18]，到此踌躇不能去。

马嵬坡下泥土中，不见玉颜空死处。

君臣相顾尽沾衣[19]，东望都门信马[20]归。

归来池苑皆依旧，太液芙蓉未央柳[21]。

芙蓉如面柳如眉，对此如何不泪垂？

春风桃李花开日，秋雨梧桐叶落时。

西宫南内多秋草，落叶满阶红不扫。

梨园弟子白发新，椒房阿监青娥老。[22]

夕殿萤飞思悄然，孤灯挑尽[23]未成眠。

迟迟钟鼓初夜长，耿耿星河欲曙天。[24]

鸳鸯瓦冷霜华重，翡翠衾寒谁与共？[25]

悠悠生死别经年，魂魄不曾来入梦。

临邛道士鸿都客[26]，能以精诚致魂魄[27]。

为感君王展转思，遂教方士殷勤觅。

排云驭气[28]奔如电，升天入地求之遍。

上穷碧落下黄泉[29]，两处茫茫皆不见。
忽闻海上有仙山，山在虚无缥缈间。
楼阁玲珑五云起，其中绰约多仙子。
中有一人字太真，雪肤花貌参差[30]是。
金阙西厢叩玉扃[31]，转教小玉报双成[32]。
闻道汉家天子使，九华帐[33]里梦魂惊。
揽衣推枕起徘徊，珠箔银屏迤逦开[34]。
云髻半偏新睡觉[35]，花冠不整下堂来。
风吹仙袂[36]飘飖举，犹似霓裳羽衣舞。
玉容寂寞泪阑干[37]，梨花一枝春带雨。
含情凝睇[38]谢君王，一别音容两渺茫。
昭阳殿里恩爱绝，蓬莱宫中日月长。[39]
回头下望人寰处，不见长安见尘雾。
唯将旧物表深情，钿合金钗寄将去。
钗留一股合一扇，钗擘黄金合分钿。[40]
但教心似金钿坚，天上人间会相见。
临别殷勤重寄词，词中有誓两心知。
七月七日长生殿[41]，夜半无人私语时。
在天愿作比翼鸟，在地愿为连理枝。[42]
天长地久有时尽，此恨绵绵[43]无绝期。

注释：

1. 汉皇：原指汉武帝刘彻，此处借指唐玄宗李隆基。唐人文学创作常以汉称唐。重色：爱好女色。倾国：绝色女子。汉代李延年对汉武帝唱了一首歌："北方有佳人，绝世而独立。一顾倾人城，再顾倾人国。宁不知倾国与倾城，佳人难再得。"后来，"倾国倾城"就用于形容美女。
2. 御宇：治理天下之意。汉贾谊《过秦论》有"振长策而御宇内"句。
3. 杨家有女：蜀州司户杨玄琰，有女杨玉环，自幼养在叔父杨玄珪家。本为玄宗子寿王李瑁妃，后被玄宗册封为贵妃。白居易此谓"养在深闺人未识"，是有意为帝王避讳。
4. 六宫粉黛：指宫中所有嫔妃。粉黛，本为女性化妆用品，粉以抹脸，黛以描眉，此代指六宫中的女性。
5. 华清池：即华清池温泉，在今西安市临潼区南的骊山下，唐玄宗常前往避寒。
6. 凝脂：形容皮肤白嫩滋润。《诗经·卫风·硕人》有"肤如凝脂"语。
7. 云鬓：形容女子鬓发茂美如云。金步摇：一种金钗，用金银丝盘成花形，缀有垂珠，插于发鬓，走路时摇曳生姿。
8. 芙蓉帐：绣着莲花的帷帐，形容帐之精美。
9. 列土：分封土地。可怜：可爱，值得羡慕。
10. 骊宫：骊山华清宫，在今陕西西安临潼区骊山镇。
11. 凝丝竹：指弦乐器和管乐器演奏着舒缓的旋律。
12. 渔阳：郡名，辖今北京平谷和天津蓟县等地，当时属安禄山辖区。天宝十四载（755）冬，安禄山在范阳起兵叛乱。鞞鼓，即鼙鼓：古代骑兵用的小鼓，此借指战争。霓裳羽衣曲：舞曲名，据说为唐开元年间西凉节度使杨敬述所献，经唐玄宗润色并制作歌词，改用此名。
13. 九重城阙：指长安。烟尘生：指发生战事。阙，宫门前的望楼，泛指宫殿或帝王的住所。
14. 花钿：用金翠珠宝等制成的花朵形首饰。委地：弃之于地。翠翘：首饰，形如翠鸟尾。金雀：金雀钗，钗形似凤（古称朱雀）。玉搔头：玉簪。
15. 云栈：高入云霄的栈道。萦纡：萦回盘绕。剑阁：又称剑门关，在今四川剑阁县北，是由秦入蜀的要道。此地群山如剑，峭壁中断处，两山对峙如门。

16. 峨嵋山：在今四川省峨眉山市。玄宗奔蜀途中，并未经过峨嵋山，这里泛指蜀中高山。

17. 行宫：皇帝出行在外的临时住所。

18. 天旋日转：指时局好转。肃宗至德二载（757），郭子仪收复长安，玄宗返京。回龙驭：皇帝的车驾归来。

19. 沾衣：指泪落。

20. 信马：无心鞭马，任马前行。

21. 太液：汉宫中有太液池。未央：汉有未央宫。此皆借指唐长安皇宫。

22. 梨园：宫内习艺的机构，由唐玄宗亲教法曲，习艺者称“梨园弟子”。椒房：后妃居住之所，因以花椒和泥涂壁，取其温暖而有香气。阿监：宫中的侍从女官。青娥：青春美貌。

23. 孤灯挑尽：古时用油灯照明，为使灯火明亮，常要把浸在油中的灯草挑一挑。挑尽，说明夜已深。

24. 迟迟：迟缓。耿耿：微明的样子。欲曙天：长夜将晓之时。

25. 鸳鸯瓦：屋顶上俯仰相对合在一起的瓦。房瓦一俯一仰相合，称“阴阳瓦”，亦称鸳鸯瓦。霜华：霜花。翡翠衾：布面绣有翡翠鸟的被子。

26. 临邛：今四川邛崃。鸿都：东汉都城洛阳的宫门名，这里借指长安。

27. 致魂魄：招来杨贵妃的亡魂。

28. 排云驭气：即腾云驾雾。

29. 穷：穷尽，找遍。碧落：即天空。黄泉：指地下。

30. 参差：仿佛，差不多。

31. 金阙：金门。玉扃：玉门。

32. 小玉：吴王夫差女。双成：传说中西王母的侍女。这里皆指杨贵妃在仙山的侍女。

33. 九华帐：绣饰华美的帐子。

34. 珠箔：珠帘。银屏：饰银的屏风。迤逦：接连不断。

35. 新睡觉：刚睡醒。觉，醒。

36. 袂：衣袖。

37. 玉容寂寞：指神色暗淡凄惨。阑干：形容满脸泪痕。

38. 凝睇：凝视。

39. 昭阳殿：汉成帝宠妃赵飞燕的寝宫，此指杨贵妃住过的宫殿。蓬莱宫：传说中的海上仙山，此指贵妃在仙山的居所。

40. “钗留”二句：把金钗、钿盒分成两半，自留一半。擘：分开。合分钿：将钿盒上的图案分成两部分。

41. 长生殿：在骊山华清宫内，天宝元年（742）营建。

42. 比翼鸟：传说中此鸟只有一目一翼，雌雄并在一起才能飞。连理枝：两株树木树干相抱。

43. 恨：遗憾。绵绵：连绵不断。

琵琶行[1]

浔阳江[2]头夜送客，枫叶荻花秋瑟瑟[3]。
主人[4]下马客在船，举酒欲饮无管弦。
醉不成欢惨将别，别时茫茫江浸月。
忽闻水上琵琶声，主人忘归客不发。
寻声暗问弹者谁，琵琶声停欲语迟。
移船相近邀相见，添酒回灯[5]重开宴。
千呼万唤始出来，犹抱琵琶半遮面。
转轴拨弦[6]三两声，未成曲调先有情。
弦弦掩抑[7]声声思，似诉平生不得志。
低眉信手续续弹[8]，说尽心中无限事。
轻拢慢捻抹复挑[9]，初为霓裳后六幺[10]。
大弦嘈嘈如急雨，小弦切切如私语。[11]
嘈嘈切切错杂弹，大珠小珠落玉盘。
间关莺语花底滑，幽咽泉流水下滩。[12]
水泉冷涩弦疑绝，疑绝不通声暂歇。[13]
别有幽情暗恨生，此时无声胜有声。
银瓶乍破水浆迸[14]，铁骑突出刀枪鸣。
曲终收拨当心画[15]，四弦一声如裂帛。
东船西舫悄无言，唯见江心秋月白。

沉吟放拨插弦中，整顿衣裳起敛容。
自言本是京城女，家在虾蟆陵[16]下住。
十三学得琵琶成，名属教坊[17]第一部。
曲罢曾教善才伏，妆成每被秋娘妒。[18]
五陵年少争缠头[19]，一曲红绡[20]不知数。
钿头银篦击节碎[21]，血色罗裙翻酒污。
今年欢笑复明年，秋月春风等闲[22]度。
弟走从军阿姨死，暮去朝来颜色改[23]。
门前冷落车马稀[24]，老大嫁作商人妇。
商人重利轻别离，前月浮梁[25]买茶去。
去来江口守空船，绕船月明江水寒。
夜深忽梦少年事，梦啼妆泪红阑干[26]。
我闻琵琶已叹息，又闻此语重唧唧[27]。
同是天涯沦落人，相逢何必曾相识。
我从去年辞帝京，谪居卧病浔阳城。
浔阳地僻无音乐，终岁不闻丝竹声。
住近湓江地低湿，黄芦苦竹绕宅生。
其间旦暮闻何物？杜鹃啼血猿哀鸣。
春江花朝秋月夜，往往取酒还独倾。
岂无山歌与村笛，呕哑嘲哳[28]难为听。
今夜闻君琵琶语，如听仙乐耳暂明。

莫辞更坐弹一曲，为君翻作琵琶行。
感我此言良久立，却坐促弦弦转急[29]。
凄凄不似向前声，满座重闻皆掩泣。
座中泣下谁最多？江州司马[30]青衫[31]湿。

注释：

1. 前有小序："元和十年，予左迁九江郡司马。明年秋，送客湓浦口，闻舟中夜弹琵琶者，听其音，铮铮然有京都声。问其人，本长安倡女，尝学琵琶于穆、曹二善才，年长色衰，委身为贾人妇。遂命酒，使快弹数曲。曲罢悯默，自叙少小时欢乐事，今漂沦憔悴，转徙于江湖间。予出官二年，恬然自安，感斯人言，是夕始觉有迁谪意。因为长句，歌以赠之，凡六百一十六言，命曰《琵琶行》。"元和十年：指公元815年。左迁：贬官，降职。古以左为卑，故称"左迁"。倡女：歌女。贾（gǔ）人：商人。迁谪：贬官降职或流放。长句：指七言诗。
2. 浔阳江：长江流经江西九江市北的一段，因九江古称浔阳，故又名浔阳江。
3. 瑟瑟：形容秋风拂动枫树、芦荻发出的清寂声响。
4. 主人：诗人自指。
5. 回灯：重新拨亮灯光。回，再。
6. 转轴拨弦：拧转弦轴，调拨琴弦。指调弦校音。
7. 掩抑：遏抑低沉。
8. 续续弹：连续弹奏。信手：随手。
9. 拢：扣弦。捻：揉弦的动作。抹：顺手下拨。挑：反手回拨的动作。
10. "霓裳"即《霓裳羽衣曲》，唐代宫廷乐舞套曲。"六幺"又名《乐世》《绿腰》《录要》，唐代有名的歌舞曲。
11. 大弦：指最粗的弦。嘈嘈：声音粗重纷繁。小弦：指最细的弦。切切：急促细碎。
12. 间关：鸟鸣声。幽咽：遏塞不畅。水下滩：亦作"冰下难"。

13. 疑绝：又作“凝绝”，以泉水结冰形容琵琶声由缓慢冷凝而至间歇无声。

14. 迸：迸射，溅射。

15. 拨：拨子，奏弦乐时所用的工具。当心画：用拨子在琵琶中部快速划过四弦，是一曲终了时常用的手法。

16. 虾蟆陵：在长安城东南，曲江附近，是当时有名的游乐地区。

17. 教坊：唐代官办管领音乐杂技、教练歌舞的机关。

18. 善才：唐时对琵琶师或曲师的通称，意为“能手”。秋娘：唐时歌舞妓常用名。

19. 五陵：长安城附近有五处汉室皇帝的陵寝，唐时在这五处陵寝一带居处的多为富家豪族及外戚，故而后世诗文常以五陵指富贵人家聚居地。缠头：表演毕，客人赠艺人的锦帛，后作为送给艺人礼物的通称。

20. 绡：精细轻美的丝织品。

21. 钿头银篦：此指镶嵌着花钿的篦形发饰。击节：打拍子。

22. 等闲：随便。

23. 颜色改：容貌衰老。又作“颜色故”。

24. 此句现行版本亦作“门前冷落鞍马稀”。

25. 浮梁：古县名，唐属饶州，在今江西省景德镇市，盛产茶叶。

26. 去来：走了以后。梦啼妆泪：梦中哭泣，泪痕沾湿涂抹脂粉的面容。阑干：纵横散乱的样子。

27. 唧唧：叹声。

28. 呕哑嘲哳：形容声音嘈杂纷乱。

29. 却坐：退回到原处。促弦：把弦拧得更紧。转：更加，越发。

30. 江州司马：诗人自指。

31. 青衫：唐朝八品、九品文官的服色。白居易当时的官阶是将仕郎，从九品，所以服青衫。

简简吟

苏家小女名简简，芙蓉花腮柳叶眼。
十一把镜学点妆，十二抽针能绣裳。
十三行坐事调品[1]，不肯迷头白地藏。
玲珑云髻生花样，飘飖风袖蔷薇香。
殊姿异态不可状，忽忽转动如有光。
二月繁霜[2]杀桃李，明年欲嫁今年死。
丈人阿母勿悲啼，此女不是凡夫妻。
恐是天仙谪人世，只合人间十三岁。
大都好物不坚牢，彩云易散琉璃脆。

迷头：糊里糊涂。

白地：即平空白地。

注释：

1. 调品：调丝品竹，指精通各种乐器。

2. 繁霜：重霜。

花非花

花非花，雾非雾。

夜半来，天明去。

来如春梦几多时[1]，

去似朝云无觅处。[2]

注释：

1. 几多时：没有多少时间。

2. 离去时如早晨飘散的云彩，无处寻觅。

水龙吟·杨花词

宋　苏轼（东坡）

似花还似非花，也无人惜、从教[1]坠。抛家傍路，思量却是，无情有思[2]。萦损柔肠，困酣娇眼，欲开还闭。梦随风万里，寻郎去处，又还被莺呼起[3]。

不恨此花飞尽，恨西园、落红[4]难缀[5]。晓来雨过，遗踪何在？一池萍碎[6]。春色[7]三分，二分尘土，一分流水。细看来，不是杨花，点点是离人泪。

注释：

1. 从教：任凭，任由。
2. 思：思绪，情思。
3. 此句用唐金昌绪《春怨》诗："打起黄莺儿，莫教枝上啼。啼时惊妾梦，不得到辽西。"
4. 落红：落花。
5. 缀：连结。
6. 一池萍碎：苏轼自注："杨花落水为浮萍，验之信然。"
7. 春色：指杨花。

水调歌头

丙辰[1]中秋，欢饮达旦[2]，大醉，作此篇，兼怀子由[3]。

明月几时有？把[4]酒问青天。不知天上宫阙[5]，今夕是何年？我欲乘风[6]归去，又恐琼楼玉宇[7]，高处不胜[8]寒。起舞弄清影，何似[9]在人间？

转朱阁，低绮户，照无眠[10]。不应有恨，何事[11]长向别时圆？人有悲欢离合，月有阴晴圆缺，此事古难全。但[12]愿人长久，千里共婵娟[13]。

注释：

1. 丙辰：宋神宗熙宁九年（1076），时苏轼在密州（今山东诸城）任太守。
2. 达旦：到天亮。
3. 子由：苏轼的弟弟苏辙，字子由。
4. 把：执，持。
5. 宫阙：宫殿。阙，城墙后的石台谓“阙”。
6. 乘风：驾着风，凭借风力。
7. 琼楼玉宇：美玉砌成的楼宇。琼，美玉。
8. 不胜（shēng）：经不住，受不了。胜，承受。

9. 何似：何如，哪里比得上。

10. 此三句是说，月儿移动，转过朱红色的楼阁，低挂在雕花的窗户上，照着没有睡意的诗人。

11. 何事：为什么。

12. 但：只。

13. 婵娟：本指妇女姿态美好，这里指代月亮。

附：

傅雷谈古诗词

你说到李、杜的分别，的确如此。写实正如其他的宗派一样，有长处也有短处。短处就是雕琢太甚，缺少天然和灵动的韵致。但杜也有极浑成的诗，例如“风急天高猿啸哀，渚清沙白鸟飞回，无边落木萧萧下，不尽长江滚滚来……”那首，胸襟意境都与李白相仿佛。还有《梦李白》《天末怀李白》几首，也是缠绵悱恻，至情至性，非常动人的。但比起苏李的离别诗来，似乎还缺少一些浑厚古朴。这是时代使然，无法可想的。汉魏人的胸怀比较更近原始，味道浓，苍茫一片，千古之下，犹令人缅想不已。杜甫有许多田园诗，虽然受渊明影响，但比较之下，似乎也“隔”（王国维语）了一层。回过来说：写实可学，浪漫底克不可学；故杜可学，李不可学；国人谈诗的尊杜的多于尊李的，也是这个缘故。而且究竟像太白那样的天纵之才不多，共鸣的人也少。所谓曲高和寡也。同时，积雪的高峰也令人有“琼楼玉宇，高处不胜寒”之感，平常人也不敢随便瞻仰。

词人中苏辛确是宋代两大家，也是我最喜欢的。苏的词颇有些咏田园的，那就比杜的田园诗洒脱自然了。此外，欧阳永叔的温厚蕴藉也极可喜，五代的冯延巳也极多佳句，但因人品关系，我不免对他有些成见。

上星期我替敏讲《长恨歌》与《琵琶行》，觉得大有妙处。白居易对音节与情绪的关系悟得很深。凡是转到伤感的地方，必定改用仄声韵。《琵琶行》中“大弦嘈嘈”“小弦切切”一段，好比 staccato（断音），像琵琶的声音极切；而“此时无声胜有声”的几句，等于一个长的 pause（停顿）。“银瓶……水浆迸”两句，又是突然的 attack（明确起音），声势雄壮。至于《长恨歌》，那气息的超脱，写情的不落凡俗，处处不脱帝皇的 nobleness（高贵气派），更是千古奇笔。看的时候可以有几种不同的方法：一是分出段落看叙事的起伏转折；二是看情绪的忽悲忽喜，忽而沉潜，忽而飘逸；三是体会全诗音节与韵的变化。再从总的方面看，把悲剧送到仙界上去，更显得那段罗曼史的奇丽清新，而仍富于人间味（如太真对道士说的一番话）。还有白居易写动作的手腕也是了不起：“侍儿扶起娇无力”，“君王掩面救不得”，“九华帐里梦魂惊”几段，都是何等生动！“九重城阙烟尘生，千乘万骑西南行”，写帝王逃难自有帝王气概。“翠华摇摇行复止”，又是多鲜明的图画！

最后还有一点妙处：全诗写得如此婉转细腻，却仍不失其雍容华贵，没有半点纤巧之病！（细腻与纤巧大不同。）明明是悲剧，而写得不过分的哭哭啼啼，多么中庸有度，这是浪漫底克兼有古典美的绝妙典型。

你现在手头没有散文的书（指古文），《世说新语》大可一读。日本人几百年来都把它当作枕中秘宝。我常常缅怀两晋六朝的文采风流，认为是中国文化的一个高峰。

《人间词话》，青年们读得懂的太少了；肚里要不是先有上百首诗、几十首词，读此书也就无用。再说，目前的看法，王国维的美学是“唯心”的；在此俞平伯“大吃生活”之际，王国维也是受批判的对象。其实，唯心、唯物不过是一物之两面，何必这样死拘！我个人认为中国有史以来，《人间词话》是最好的文学批评。开发性灵，此书等于一把金钥匙。一个人没有性灵，光谈理论，其不成为现代学究、当世腐儒、八股专家也鲜矣！为学最重要的是“通”，“通”才能不拘泥，不迂腐，不酸，不八股；“通”才能培养气节、胸襟、目光；“通”才能成为“大”，不大不博，便有坐井观天的危险。我始终认为弄学问也好，弄艺术也好，顶要紧是 humain（法语“人”），要把一个“人”尽量发展，没成为某某家某某家以前，先要学做人；否则那种某某家无论如何高明也不会对人类有多大贡献。这套话你从小听腻了，再听一遍恐怕更觉得烦了。

《古诗源选》《唐五代宋词选》《元明散曲选》，前面都有序文，写得不坏；你可仔细看，而且要多看几遍；隔些日子温温，无形中可以增加文学史及文学体裁的学识，和外国朋友谈天，也多些材料。谈词、谈曲的序文中都提到中国固有音乐在隋唐时已衰敝，宫廷盛行外来音乐；故真正古乐府（指魏晋两汉的）如何唱法在唐时已不可知。这一点不但是历史知识，而且与我们将来创作音乐也有关系。换句话说，非但现时不知唐宋人如何唱诗、唱词，即使知道了也不能说那便是中国本土的唱法。至于龙沐勋氏在序中说“唐宋人唱诗唱词，中间常加‘泛音’，这是不应该的”（大意如此）；我认为正是相反；加泛音的唱才有音乐可言。后人把泛音填上实字，反而是音乐的大阻碍。昆曲之所以如此费力、做作，中国音乐的被文字束缚到如此地步，都是因为古人太重文字，不大懂音乐；懂音乐的人又不是士大夫，士大夫视音乐为工匠之事，所以弄来弄去，发展不出。汉魏之时有《相和歌》，明明是 duet（二重唱）的雏形，倘能照此路演进，必然早有 polyphonic（复调）的音乐。不料《相和歌》词不久即失传，故非但无 polyphony，连 harmony（和声）也产生不出。真是太可惜了。

（以上皆选自傅雷写给傅聪的信，
日期分别是 1954 年 7 月 27 日、7 月 28 日、
12 月 27 日、12 月 31 日，括注楷体为编注）

出版后记

这是傅雷选给傅聪的古诗读本，让去国万里的儿子带在身边，不忘祖国文化，也从中汲取力量。

是的，傅雷做到了。傅聪在给傅雷的回信中说："除了音乐，我的精神上的养料就是诗了。还是那个李白，那个热情澎湃的李白，念他的诗，不能不被他的力量震撼；念他的诗，我会想到祖国，想到出生我的祖国。"（1958 年 1 月 8 日）"诗词常在手边，我越读越爱它们，也越爱自己的祖国，自己的民族。中国的文明，那种境界，我没法在其他欧洲的艺术里面找到。中国人的浪漫，如李白、苏东坡、辛弃疾那种洒脱、飘逸，后主、纳兰那种真诚沉痛，秦观、欧阳的柔媚、含蓄、婉转等等。"（1954 年 12 月 15 日）以至在傅聪的钢琴生涯中，时常会用中国古典诗词的意境来描述西方的古典音乐，说肖邦的《前奏曲》中有《饮马长城窟行》"青青河边草"之"青青"叠字，说德彪西的音乐有"寒波澹澹起，白鸟悠悠下"的意境（陈萨《忆傅聪》，2020 年 12 月 29 日）。

傅聪赢得肖邦钢琴比赛后，在国外曾引起了一个普遍的问题：一个中国青年，怎么能理解西洋音乐如此深切，尤其是在音乐家中风格极难掌握的肖邦？傅雷认为，傅聪这方面的成就大半得力于他对中国古典文化的认识与体会。因为只有真正了解自己民族的优秀传统精神，具备自己的民族灵魂，才能彻底了解别个民族的优秀传统，渗透他们的灵魂。“他在琴上表达的诗意，不就是中国古诗的特殊面目之一吗？他镂刻细节的手腕，不是使我们想起中国册页上的画吗？”（《钢琴诗人》，*Politika*，1956 年 3 月）“中国艺术最大的特色，从诗歌到绘画到戏剧，都讲究乐而不淫，哀而不怨，雍容有度，讲究典雅，自然；反对装腔作势和过火的恶趣，反对无目的的炫耀技巧。而这些也是世界一切高级艺术共同的准则。”（傅雷《傅聪的成长》，1956 年 11 月 19 日）

无疑，这是傅雷选择古诗的标准之一。给孩子的古诗选本，共选入古诗 185 首，以汉魏诗和唐诗为主，其中又侧重大家诗选——如杜甫诗 37 首，李白诗 27 首，陶渊明诗 23 首，王维诗 15 首，白居易诗 8 首。这些诗歌的选择，与《傅雷家书》中的目的和关怀是一脉相承的。傅聪“感情的成熟比一般青年早得多；我素来主张艺术家的理智必须与感情平衡，对傅聪尤其注意这一点，所以在他十四岁以前只给他念田园诗、叙事诗与不太伤感的抒情诗”（傅雷《傅聪的成长》，

1956年11月19日)。这也可看作傅雷选诗的又一标准。

此外，本书还收录了傅雷给干女儿牛恩德的古诗词。

牛恩德是傅聪的好友，二人相识于1952年上海交响乐队的合作演出。傅聪出国后，她依然经常拜访傅雷夫妇。牛恩德热情好学，傅雷不时教她中国古诗词，久之，认其作干女儿。1957年牛恩德赴英国留学时，傅雷为她精心誊抄了一册古诗词读本，让她带在身边，“只有深切领会和热爱祖国文化的人才谈得上独立的人格，独创的艺术，才不致陷于盲目的崇洋派，也不会变成狭隘的大国主义者，而能在世界文化中贡献出一星半点的力量，丰富人类的精神财宝”(1958年11月20日傅雷致牛恩德信)。

牛恩德的“古诗词读本”含有143首古诗词，与傅聪的相比，少了《兵车行》《蜀道难》等40余首，多了李白的《山中与幽人对酌》，并苏轼的两首词《水龙吟·杨花词》《水调歌头》。此外，傅雷还为牛恩德添加了简单的注释。本书将这多出的几首一并收入，傅雷为傅聪、牛恩德添加的注释，也以专色字体排印在古诗旁。

另说明如下：诗文排录，均以傅录为准，并添加句读和注释。少量存疑处，以及与现行版本不符之处，在注释中另行标出。所依版本为《汉魏六朝诗鉴赏辞典》(吴小如、王运熙、章培恒、曹道衡、骆玉明等撰，上海辞书出版社，

1992 年)、《唐诗鉴赏辞典》(萧涤非、马茂元、程千帆等撰,上海辞书出版社,1983 年),同时辅以《古诗今选》(程千帆、沈祖棻编著,南京大学出版社,1979 年)、《历代诗词精华集》(叶嘉莹、周汝昌等注评,长江文艺出版社,2019 年)。

感谢傅敏先生的大力支持。愿读者能从傅雷先生选给孩子的古诗中,收获勇气和真诚。

生活·讀書·新知 三联书店

2021 年 7 月

古詩讀本

古詩

漢　失名

採葵莫傷根傷根葵不生結交莫羞貧羞貧友不成　甘瓜抱苦蒂美棗生荊棘利旁有倚刀貪人還自賊

古風 二首

聶夷中

春種一粒粟秋收萬顆子四海無閑田農夫猶餓死　鋤禾日當午汗滴禾下土誰知盤中餐粒粒皆辛苦

越謠歌

君乘車我戴笠他日相逢下車揖　君擔簦我跨馬他日相逢為君下

簦：有柄之笠、古代之傘、

烏鵲歌

南山有烏北山張羅烏自高飛羅當奈何

漢時民謡

狡兔死走狗烹飛鳥盡良弓藏敵國破謀臣亡

采薇歌

登彼西山兮采其薇兮以暴易暴兮不知其非兮神農虞夏忽兮沒兮

吁嗟徂兮命之衰兮

大風歌

大風起兮雲飛揚威加海内兮歸故鄉安得猛士兮守四方

琴歌

樂莫樂兮新相知悲莫悲兮生别離

城中謡

城中好高髻四方高一尺城中好廣眉四方且半額城中好大袖四方全匹帛

古怨歌

漢　竇玄妻

煢煢白兔東走西顧衣不如新人不如故

擊壤歌

日出而作日入而息鑿井而飲耕田而食帝力於我何有哉

啄木鳥

晋 左貴嬪

南山有鳥自名啄木飢則啄樹暮則巢宿無干於時惟志所欲性清者
榮性濁者辱

長歌行

青青園中葵朝露待日晞陽春布德澤萬物生光輝常恐秋節至焜黄
華葉衰百川東到海何時復西歸少壯不努力老大徒傷悲

悲歌

悲歌可以當泣遠望可以當歸思念故鄉鬱鬱纍纍欲歸家無人欲渡河
無船心思不能言腸中車輪轉

古詩

步出城東門遥望江南路前日風雪中故人從此去我欲渡河水河水深無梁願為雙黄鵠高飛還故鄉

飲馬長城窟行

青〻河邊草緜〻思遠道遠道不可思夙昔夢見之夢見在我傍忽覺在他鄉他鄉各異縣展轉不可見枯桑知天風海水知天寒入門各自媚誰肯相為言客從遠方來遺我雙鯉魚呼兒烹鯉魚中有尺素書長跪讀素書書中竟何如上有加餐食下有長相憶

長安道　　唐　顧況

長安道人無衣馬無草何不歸來山中老

敕勒歌　　南北朝　斛律金

敕勒川陰山下天似穹廬籠蓋四野天蒼蒼海茫茫風吹草低見牛羊

短歌行　　唐　王建

人初生日初出上山遲下山疾百年三萬六千朝夜裏分將彊半日有歌有舞須早為昨日健於今日時人皆見生男女好不知男女催人老短歌行無樂聲

古詩十九首

行行重行行與君生別離相去萬餘里各在天一涯道路阻且長會面安
可知胡馬依北風越鳥巢南枝相去日已遠衣帶日已緩浮雲蔽白日
游子不顧返思君令人老歲月忽已晚棄捐勿復道努力加餐飯
青青河畔草鬱鬱園中柳盈盈樓上女皎皎當窗牖娥娥紅粉粧纖纖出
素手昔為倡家女今為蕩子婦蕩子行不歸空牀難獨守
青青陵上柏磊磊澗中石人生天地間忽如遠行客斗酒相娛樂聊厚
不為薄驅車策駑馬遊戲宛與洛洛中何鬱鬱冠帶自相索長衢羅
夾巷王侯多第宅兩宮遙相望雙闕百餘尺極宴娛心意戚戚何所迫

榮寶齋藏版

今日良宴會歡樂難具陳彈箏奮逸響新聲妙入神令德唱高言識
曲聽其真齊心同素願含意俱未申人生寄一世奄忽若飆塵何不策高
足先據要路津無為守窮賤轗軻長苦辛
西北有高樓上與浮雲齊交疏結綺窗阿閣三重階上有絃歌聲音響一
何悲誰能為此曲無乃杞梁妻清商隨風發中曲正徘徊一彈再三歎慷慨有
餘哀不惜歌者苦但傷知音稀願為雙鳴鶴奮翅起高飛
涉江采芙蓉蘭澤多芳草采之欲遺誰所思在遠道還顧望舊鄉長路漫
浩浩同心而離居憂傷以終老
明月皎夜光促織鳴東壁玉衡指孟冬眾星何歷歷白露霑野草時節忽

復易秋蟬鳴樹間玄鳥逝安適昔我同門友高舉振六翮不念攜手好棄
我如遺跡南箕有北斗牽牛不負軛良無盤石固虛名復何益
冉冉孤生竹結根泰山阿與君為新婚兔絲附女蘿兔絲生有時夫婦會
有宜千里遠結婚悠悠隔山陂思君令人老軒車來何遲傷彼蕙蘭花含
英揚光輝過時而不采將隨秋草萎君亮執高節賤妾亦何為
庭中有奇樹綠葉發華滋攀條折其榮將以遺所思馨香盈懷袖路
遠莫致之此物何足貢但感別經時
迢迢牽牛星皎皎河漢女纖纖擢素手札札弄機杼終日不成章泣涕零
如雨河漢清且淺相去復幾許盈盈一水間脈脈不得語

迴車駕言邁悠悠涉長道四顧何茫茫東風摇百草所遇無故物焉得不
速老盛衰各有時立身苦不早人生非金石豈能長壽考奄忽隨物化榮
名以為寶
東城高且長逶迤自相屬迴風動地起秋草萋已緑四時更變化歲暮
一何速晨風懷苦心蟋蟀傷局促蕩滌放情志何為自結束燕趙多佳人
美者顔如玉被服羅衣裳當户理清曲音響一何悲絃急知柱促馳情
整中帶沈吟聊躑躅思為雙飛燕銜泥巢君屋
驅車上東門遥望郭北墓白楊何蕭蕭松柏夾廣路下有陳死人杳
杳即長暮潛寐黄泉下千載永不寤浩浩陰陽移年命如朝露人生

忽如寄壽無金石固萬歲更相送聖賢莫能度服食求神仙多為藥所
誤不如飲美酒被服紈與素
去者日以疎生者日以親出郭門直視但見丘與墳古墓犂為田松柏
摧為薪白楊多悲風蕭蕭愁殺人思還故里閭欲歸道無因
生年不滿百常懷千歲憂晝短苦夜長何不秉燭遊為樂當及時何
能待来茲愚者愛惜費但為後世嗤仙人王子喬難可與等期
凜凜歲云暮螻蛄夕鳴悲涼風率已厲遊子寒無衣錦衾遺洛浦同袍
與我違獨宿累長夜夢想見容輝良人惟昔懽枉駕惠前綏願得常巧
笑攜手同車歸既来不須臾又不處重闈亮無晨風翼焉能淩風飛眄睞

以適意引領遥相睎徙倚懷感傷垂涕霑雙扉

孟冬寒氣至北風何慘慄愁多知夜長仰觀衆星列三五明月滿四五蟾兔缺

客從遠方來遺我一書札上言長相思下言久離别置書懷袖中三歲字不滅

一心抱區區懼君不識察

客從遠方來遺我一端綺相去萬餘里故人心尚爾文綵雙鴛鴦裁為合

歡被著以長相緣以結不解以膠投漆中誰能别離此

明月何皎皎照我羅牀幃憂愁不能寐攬衣起徘徊客行雖云樂不如

早旋歸出户獨彷徨愁思當告誰引領還入房淚下沾衣裳

與蘇武詩 三首

漢 李陵 少卿

良時不再至離別在須臾屏營衢路側執手野踟躕仰視浮雲馳奄忽互相踰風波一失所各在天一隅長當從此別且復立斯須欲因晨風發送子以賤軀

嘉會難再遇三載為千秋臨河濯長纓念子悵悠悠遠望悲風至對酒不能酬行人懷往路何以慰我愁獨有盈觴酒與子結綢繆

攜手上河梁遊子暮何之徘徊蹊路側悢悢不得辭行人難久留各言長相思安知非日月弦望自有時努力崇明德皓首以為期

古詩四首

漢 蘇武 子卿

骨肉緣枝葉結交亦相因四海皆兄弟誰為行路人况我連枝樹與子同一身

昔為鴛與鴦今為參與辰昔者常相近邈若胡與秦惟念當離别恩情日以新鹿鳴思野草可以喻嘉賓我有一罇酒欲以贈遠人願子留斟酌敘此平生親

黄鵠一遠别千里顧徘徊胡馬失其羣思心常依依何况雙飛龍羽翼臨當乖幸有絃歌曲可以喻中懷請為遊子吟泠泠一何悲絲竹清厲聲慷慨有餘哀長歌正激烈中心愴以摧欲展清商曲念子不能歸俛仰内傷心淚下不可揮願為雙黄鵠送子俱遠飛

結髮為夫妻恩愛兩不疑歡娛在今夕嬿婉及良時征夫懷往路起視夜何其

參辰皆已沒去去從此辭行役在戰場相見未有期握手一長歎淚為生別

滋努力愛春華莫忘歡樂時生當復來歸死當長相思

燭燭晨明月馥馥我蘭芳芬馨良夜發隨風聞我堂征夫懷遠路遊子戀

故鄉寒冬十二月晨起踐嚴霜俯觀江漢流仰視浮雲翔良友遠離別各在

天一方山海隔中州相去悠且長嘉會難再遇歡樂殊未央願君崇令德隨

時愛景光

燭 照也

短歌行　　魏武帝

對酒當歌人生幾何譬如朝露去日苦多慨當以慷憂思難忘何以解憂唯有杜康青青子衿悠悠我心但為君故沉吟至今呦呦鹿鳴食野之萍我有嘉賓鼓瑟吹笙明明如月何時可掇憂從中來不可斷絕越陌度阡枉用相存契闊談讌心念舊恩月明星稀烏鵲南飛繞樹三匝何枝可依山不厭高海不厭深周公吐哺天下歸心

苦寒行　　魏武帝

北上太行山艱哉何巍巍羊腸阪詰屈車輪為之摧樹木何蕭瑟北風聲正悲熊羆對我蹲虎豹夾路啼谿谷少人民雪落何霏霏延頸長歎息

遠行多所懷我心何怫鬱思欲一東歸水深橋梁絶中道正徘徊迷惑失故路薄暮無宿栖行行日已遠人馬同時飢擔囊行取薪斧冰持作糜悲彼東山詩悠悠使我哀（毛詩曰：我徂東山滔滔不歸）

雜詩二首　魏文帝

漫漫秋夜長烈烈北風涼展轉不能寐披衣起彷徨彷徨忽已久白露霑我裳

俯視清水波仰看明月光天漢迴西流三五正縱橫草蟲鳴何悲孤雁獨南翔

鬱鬱多悲思緜緜思故鄉願飛安得翼欲濟河無梁向風長歎息斷絶我中腸

西北有浮雲亭亭如車蓋惜哉時不遇適與飄風會吹我東南行南行至吳會

吳會非我鄉安能久留滯棄置勿復陳客子常畏人

雜詩 二首

晋 曹植 子建

西北有織婦綺縞何繽紛明晨秉機杼日昃不成文太息終長夜悲嘯入青雲妾身守空閨良人行從軍自期三年歸今已歷九春飛鳥繞樹翔嗷嗷鳴索群願為南流景馳光見我君

南國有佳人容華若桃李朝遊江北岸夕宿瀟湘沚時俗薄朱顏誰為發皓齒俛仰歲將暮榮耀難久恃

七哀詩

曹植

明月照高樓流光正徘徊上有愁思婦悲歎有餘哀借問歎者誰言是客子妻君行踰十年孤妾常獨棲君若清路塵妾若濁水泥浮沈各異勢會合何時諧

願爲西南風長逝入君懷君懷良不開賤妾當何依

箜篌引　　曹植

置酒高堂上親友從我遊中厨辦豐膳烹羊宰肥牛秦箏何慷慨齊瑟和且柔陽阿奏奇舞京洛出名謳樂飲過三爵緩帶傾庶羞主稱千金壽賓奉萬年酬久要不可忘薄終義所尤謙謙君子德磬折欲何求驚風飄白日光景馳西流盛時不可再百年忽我遒生存華屋處零落歸山邱先民誰不死知命復何憂

送應氏詩 二首　　曹植

步登北邙坂遥望洛陽山洛陽何寂寞宫室盡燒焚垣牆皆頓擗荊棘上參天不見舊耆老但覩新少年側足無行徑荒疇不復田遊子久不歸不識陌與阡

中野何蕭條千里無人煙念我平常居氣結不能言

清時難屢得嘉會不可常天地無終極人命若朝霜願得展嬿婉我友之朔方

親友並集送置酒此河陽中饋豈獨薄賓飲不盡觴愛至望苦深豈不愧中腸

山川阻且遠别促會日長願為比翼鳥施翮起高翔

公讌詩　　曹植

公子敬愛客終宴不知疲清夜遊西園飛蓋相追隨明月澄清景列宿正參差秋

蘭被長坂朱華冒緑池潛魚躍清波好鳥鳴高枝神飈接丹轂輕輦隨風移飄

颻放志意千秋長若斯

詠懷詩

晉 阮籍 嗣宗

夜中不能寐起坐彈鳴琴薄帷鑑明月清風吹我衿孤鴻號外野朔鳥鳴北林徘徊將何見憂思獨傷心

天馬出西北由來從東道春秋非有託富貴焉常保清露被皋蘭凝霜霑野草朝爲美少年夕暮成醜老自非王子晉誰能常美好 美少年應改媚少年

獨坐空堂上誰可與歡者出門臨永路不見行車馬登高望九州悠悠分曠野孤鳥西北飛離獸東南下日暮思親友晤言用自寫

怨歌行

漢 班婕妤

新製齊紈素皎潔如霜雪裁為合歡扇團團似明月出入君懷袖動搖微風發常恐秋節至涼風奪炎熱棄捐篋笥中恩情中道絶

善哉行

魏文帝

上山采薇薄暮苦饑谿谷多風霜露沾衣野雉群雊猴猨相追還望故鄉鬱何壘壘高山有崖林木有枝憂來無方人莫之知人生如寄多憂何為今我不樂歲月如馳湯湯中流中有行舟隨波迴轉有似客遊策我良馬被我輕裘載馳載驅聊以忘憂

歸園田居 三首

晉 陶潛 淵明

少無適俗韻性本愛邱山誤落塵網中一去三十年羈鳥戀舊林池魚思故淵開荒南野際守拙歸園田方宅十餘畝草屋八九間榆柳蔭後檐桃李羅堂前曖曖遠人村依依墟里煙狗吠深巷中雞鳴桑樹顛戶庭無塵雜虛室有餘閒久在樊籠裏復得返自然

野外罕人事窮巷寡輪鞅白日掩荊扉虛室絕塵想時復墟曲中披草共來往相見無雜言但道桑麻長桑麻日已長我土日已廣常恐霜霰至零落同草莽 我土一作我志

種豆南山下草盛豆苗稀晨興理荒穢帶月荷鋤歸道狹草木長夕露沾我

衣衣沾不足惜但使願無違

移居 二首

陶潛

昔欲居南村非為卜其宅聞多素心人樂與數晨夕懷此頗有年今日從茲役弊廬何必廣取足蔽牀席鄰曲時時來抗言談在昔奇文共欣賞疑義相與析

春秋多佳日登高賦新詩過門更相呼有酒斟酌之農務各自歸閒暇輒相思相思則披衣言笑無厭時此理將不勝無為忽去茲衣食當須紀力耕不吾欺

飲酒

陶潛

結廬在人境而無車馬喧問君何能爾心遠地自偏採菊東籬下悠然見南山
山氣日夕佳飛鳥相與還此中有真意欲辯已忘言
秋菊有佳色裛露掇其英泛此忘憂物遠我遺世情一觴雖獨進杯盡壺自
傾日入群動息歸鳥趨林鳴嘯傲東軒下聊復得此生
清晨聞叩門倒裳往自開問子為誰歟田父有好懷壺漿遠見候疑我與時乖
襤縷茅簷下未足為高栖一世皆尚同願君汨其泥深感父老言稟氣寡所
諧紆轡誠可學違己詎非迷且共歡此飲吾駕不可回

停雲 四首并序

陶潛

停雲思親友也罇酒新湛園列初榮願言不從歎息彌襟

靄靄停雲濛濛時雨八表同昏平路伊阻靜寄東軒春醪獨撫良朋悠邈搔首延佇

停雲靄靄時雨濛濛八表同昏平陸成江有酒有酒閒飲東窗願言懷人舟車靡從

東園之樹枝條再榮競用新好以招余情人亦有言日月于征安得促席說彼平生

翩翩飛鳥息我庭柯斂翮閒止好聲相和豈無他人念子實多願言不獲抱恨如何

擬古 五首

陶潛

仲春遘時雨始雷發東隅衆蟄各潛駭草木縱横舒翩翩新來燕雙雙入吾廬先巢故尚在相將還舊居自從分別来門庭日荒蕪我心固匪石君情定如何

迢迢百尺樓分明望四荒暮作歸雲宅朝為飛鳥堂山河滿目中平原獨茫茫古時功名士慷慨爭此場一旦百歲後相與還北邙松柏為人伐高墳互低昂頹基無遺主遊魂在何方榮華誠足貴亦復可憐傷

東方有一士被服常不完三旬九遇食十年著一冠辛苦無此比常有好容顔我欲觀其人晨去越河關青松夾路生白雲宿簷端知我故來意取琴為我彈上絃驚別鶴下絃操孤鸞願留就君住從今至歲寒

日暮天無雲春風扇微和佳人美清夜達曙酣且歌歌竟長歎息持此感人多皎
皎雲間月灼灼葉中華豈無一時好不久當如何
種桑長江邊三年望當採枝條始欲茂忽值山河改柯葉自摧折根株浮滄海春
蠶既無食寒衣欲誰待本不植高原日今復何悔

雜詩 三首　陶潛

蔕 同蒂

人生無根蔕飄如陌上塵分散逐風轉此已非常身落地為兄弟何必骨肉親得歡
當作樂斗酒聚比鄰盛年不重來一日難再晨及時當勉勵歲月不待人
白日淪西河素月出東嶺遙遙萬里輝蕩蕩空中景風來入房戶夜中枕席
冷氣變悟時易不眠知夕永欲言無予和揮杯勸孤影日月擲人去有志不獲

騁念此懷悲悽終曉不能靜

憶我少壯時無樂自欣豫猛志逸四海騫翮思遠翥荏苒歲月頹此心稍已去值歡無復娛每每多憂慮氣力漸衰損轉覺日不如壑舟無須臾引我不得住前途當幾許未知止泊處古人惜寸陰念此使人懼

讀山海經詩　陶潛

孟夏草木長遶屋樹扶疏衆鳥欣有託吾亦愛吾廬既耕亦已種時還讀吾書窮巷隔深轍頗迴故人車歡然酌春酒摘我園中蔬微雨從東來好風與之俱汎覽周王傳流觀山海圖俯仰終宇宙不樂復何如

擬挽歌辭 二首

陶潛

有生必有死早終非命促昨暮同為人今旦在鬼錄魂氣散何之枯形寄空木嬌兒索父啼良友撫我哭得失不復知是非安能覺千秋萬歲後誰知榮與辱但恨在世時飲酒不得足

荒草何茫茫白楊亦蕭蕭嚴霜九月中送我出遠郊四面無人居高墳正嶕嶢馬為仰天鳴風為自蕭條幽室一已閉千年不復朝千年不復朝賢達將奈何向來相送人各自還其家親戚或餘悲他人亦已歌死去何所道託體同山阿

尋隱者不遇

唐 賈島

松下問童子言師採藥去只在此山中雲深不知處

別詩

南北朝 范雲

洛陽城東西長作經時別昔時雪如花今時花如雪

贈范曄

陸凱

折花逢驛使寄與隴頭人江南無所有聊贈一枝春

山中何所有

陶弘景

山中何所有嶺上多白雲只可自怡悦不堪持贈君

江雪

唐 柳宗元

千山鳥飛絶萬徑人蹤滅孤舟簑笠翁獨釣寒江雪

相送

南北朝 何遜

客心已百念孤遊重千里江暗雨欲来浪白風初起

鳥鳴澗

唐 王維 右丞

人閑桂花落夜靜春山空月出驚山鳥時鳴春澗中

鹿柴

王維

空山不見人但聞人語響返景入深林復照青苔上

竹里館　王維（以下同）

獨坐幽篁裏彈琴復長嘯深林人不知明月來相照

歸嵩山作

清川帶長薄車馬去閑閑流水如有意暮禽相與還荒城臨古渡落日滿秋山迢遞嵩山下歸來且閉關　嵩山應作嵩高

田園樂

出入千門萬戶經過北里南鄰蹀躞鳴珂有底崆峒散髮何人
再見封侯萬戶立談賜璧一雙詎勝耦耕南畝何如高卧東窗
採菱渡頭風急策杖村西日斜杏樹壇邊漁父桃花源裏人家

萋萋春草秋綠落落長松夏寒牛羊自歸村巷童稚不識衣冠
山下孤煙遠村天邊獨樹高原一瓢顏回陋巷五柳先生對門
桃紅復含宿雨柳綠更帶春煙花落家僮未掃鶯啼山客猶眠
酌酒會臨泉水抱琴好倚長松南園露葵朝折東谷黄粱夜舂

送元二使安西

渭城朝雨裛輕塵客舍青青柳色新勸君更盡一杯酒西出陽關無
故人

送別

聖代無隱者英靈盡來歸遂令東山客不得採蕨薇既至君門遠孰云

吾道非江淮渡寒食京洛縫春衣置酒臨長道同心與我違行當浮桂棹未幾拂荆扉遠樹帶行客孤城當落暉吾謀適不用勿謂知音稀

使至塞上

單車欲問邊屬國過居延征蓬出漢塞歸鴈入胡天大漠孤煙直長河落日圓蕭關逢候騎都護在燕然

送別

山中相送罷日暮掩柴扉春草明年綠王孫歸不歸

宿業師山房待丁大不至

夕陽度西嶺群壑倏已暝松月生夜涼風泉滿清聽樵人歸欲盡煙鳥

棲初定之子期宿来孤琴候蘿逕

過故人莊

故人具雞黍邀我至田家綠樹村邊合青山郭外斜開軒面場圃把酒話桑麻待到重陽日還来就菊花

春曉

春眠不覺曉處處聞啼鳥夜来風雨聲花落知多少

夜歸鹿門歌

山寺鳴鐘晝已昏漁梁渡頭爭渡喧人隨沙路向江村余亦乘舟歸鹿門鹿門月照開煙樹忽到龐公棲隱處巖扉松徑長寂寥惟有幽人自来去

榮寶齋藏版

滁州西澗

唐　韋應物

獨憐幽草澗邊生上有黃鸝深樹鳴春潮帶雨晚來急夜渡無人舟自橫

江南春絕句

杜牧

十里鶯啼綠映紅水邨山郭酒旗風南朝四百八十寺多少樓臺煙雨中

三九

榮寶齋藏版

李白詩選

關山月

明月出天山蒼茫雲海閒長風幾萬里吹度玉門關漢下白登道胡窺青海灣由來征戰地不見有人還戍客望邊邑思歸多苦顏高樓當此夜歎息未應閑

長干行 二首

妾髮初覆額折花門前劇郎騎竹馬來遶牀弄青梅同居長干里兩小無嫌猜十四為君婦羞顏未嘗開低頭向暗壁千喚不一回十五始展眉願同塵與灰常存抱柱信豈上望夫臺十六君遠行瞿塘灧澦堆五月

不可觸猨聲天上哀門前遲行跡一一生綠苔苔深不能掃落葉秋風早八

月蝴蝶來雙飛西園草感此傷妾心坐愁紅顏老早晚下三巴預將書報

家相迎不道遠直至長風沙

憶妾深閨裏煙塵不曾識嫁與長干人沙頭候風色五月南風興思君下

巴陵八月西風起想君發揚子去來悲如何見少别離多湘潭幾日到妾

夢越風波昨夜狂風度吹折江頭樹淼淼暗無邊行人在何處北客至王

公朱衣滿汀中日暮來投宿數朝不肯東自憐十五餘顔色桃李紅那

作商人婦愁水復愁風

將進酒

君不見黃河之水天上來奔流到海不復回君不見高堂明鏡悲白髮朝如
青絲暮成雪人生得意須盡歡莫使金樽空對月天生我材必有用千金
散盡還復來烹羊宰牛且為樂會須一飲三百杯岑夫子丹邱生進酒
君莫停與君歌一曲請君為我傾耳聽鐘鼓饌玉不足貴但願長醉不用
醒古來聖賢皆寂寞唯有飲者留其名陳王昔時宴平樂斗酒十千恣
歡謔主人何為言少錢徑須沽酒對君酌五花馬千金裘呼兒將出換美
酒與爾同銷萬古愁

宣州謝脁樓餞别校書叔雲

棄我去者昨日之日不可留亂我心者今日之日多煩憂長風萬里送秋雁對此可以酣高樓蓬萊文章建安骨中間小謝又清發俱懷逸興壯思飛欲上青天攬明月抽刀斷水水更流舉杯消愁愁更愁人生在世不稱意明朝散髮弄扁舟

長相思

長相思在長安絡緯秋啼金井欄微霜凄凄簟色寒孤燈不明思欲絶卷帷望月空長歎美人如花隔雲端上有青冥之高天下有淥水之波瀾天長路遠魂飛苦夢魂不到關山難長相思摧心肝

飛龍引 二首

黃帝鑄鼎於荊山鍊丹砂丹砂成黃金騎龍飛去太上家雲愁海思令人嗟宮中綵女顏如花飄然揮手淩紫霞從風縱體登鑾車登鑾車思軒轅遨遊青天中其樂不可言（思軒轅應改作「侍」軒轅）

鼎湖流水清且閑軒轅去時有弓劍古人傳道留其間後宮嬋娟多花顏乘鸞飛煙亦不還騎龍攀天造天關造天關聞天語屯雲河車載玉女載玉女過紫皇紫皇乃賜白兔所擣之藥方後天而老凋三光下視瑤池見王母峨眉蕭颯如秋霜

蠶叢二句言蜀地蠻荒時代景象　四萬八千言未開化年代之久

蜀道難

噫吁嚱危乎高哉蜀道之難難於上青天蠶叢及魚鳧開國何茫然爾來四萬八千歲不與秦塞通人煙西當太白有鳥道何以橫絕峨眉嶺地崩山摧壯士死然後天梯石棧方鉤連上有六龍回日之高標下有衝波逆折之回川黃鶴之飛尚不得援猱欲度愁攀緣青泥何盤盤百步九折縈巖巒捫參歷井仰脅息以手撫膺坐長歎問君西遊何時還畏途巉巖不可攀但見悲鳥號古木雄飛雌從遶林間又聞子規啼夜月愁空山蜀道之難難於上青天使人聽此凋朱顏連峯去天不盈尺枯松倒挂倚絕壁飛湍暴流爭喧豗砯崖轉石萬壑雷其險也若此嗟爾遠道之人胡為乎來哉劍

閣崢嶸而崔嵬一夫當關萬人莫開所守或匪親化爲狼與豺朝避猛虎

夕避長蛇磨牙吮血殺人如麻錦城雖云樂不如早還家蜀道之難難於

上青天側身西望長咨嗟

烏棲曲

姑蘇臺上烏棲時吳王宫裏醉西施吴歌楚舞歡未畢青山猶銜半邊山

銀箭金壺漏水多起看秋月墜江波東方漸高奈樂何

戰城南

去年戰桑乾源今年戰葱河道洗兵條支海上波放馬天山雪中草萬里

長征戰三軍盡衰老匈奴以殺戮爲耕作古來唯見白骨黄沙田秦家築

城備胡處漢家還有烽火然烽火然不息征戰無已時野戰格鬬死敗馬號鳴向天悲烏鳶啄人腸銜飛上挂枯樹枝士卒塗草莽將軍空爾為乃知兵者是凶器聖人不得已而用之

行路難 三首

金樽清酒斗十千玉盤珍羞直萬錢停杯投筯不能食拔劍四顧心茫然欲渡黄河氷塞川將登太行雪暗天閑来垂釣坐溪上忽復乘舟夢日邊行路難行路難多歧路今安在長風破浪會有時直挂雲帆濟滄海

大道如青天我獨不得出羞逐長安社中兒赤雞白狗賭梨栗彈劍作歌奏苦聲曳裾王門不稱情淮陰市井笑韓信漢朝公卿忌賈生君不見

昔時燕家重郭隗擁篲折節無嫌猜劇辛樂毅感恩分輸肝剖膽効英才
昭王白骨縈蔓草誰人更掃黃金臺行路難歸去來
有耳莫洗潁川水有口莫食首陽蕨含光混世貴無名何用孤高比雲月
吾觀自古賢達人功成不退皆殞身子胥既棄吳江上屈原終投湘水濱
陸機雄才豈自保李斯稅駕苦不早華亭鶴唳詎可聞上蔡蒼鷹何足
道君不見吳中張翰稱達生秋風忽憶江東行且樂身前一杯酒何須身
後千載名

陸機被讒時歎曰華亭鶴唳豈可復聞乎遂遇害 張翰善文
晉齊王辟為掾時王執權翰見秋風起乃思還吳中歸後王敗

嶺係巔之誤

春日醉起言志

處世若大夢胡為勞其生所以終日醉頹然卧前楹覺來眄庭前一鳥花間鳴借問此何時春風語流鶯感之欲歎息對酒還自傾浩歌待明月曲盡已忘情

自巴東舟行經瞿塘峽登巫山最高峯晚還題壁

江行幾千里海月十五圓始經瞿塘峽遂步巫山嶺巫山高不窮巴國盡所歷日邊攀垂蘿霞外倚穹石飛步凌絶頂極目無纖煙卻顧失丹壑仰觀臨青天青天若可捫銀漢去安在望雲知蒼梧記水辨瀛海周遊孤光晚歷覽幽意多積雪照空谷悲風鳴森柯歸途行欲曛佳趣尚未歇江寒早嘯猿松暝已吐月

清猿響啾啾辭山不忍聽揮策還孤舟

春思

燕草如碧絲秦桑低綠枝當君懷歸日是妾斷腸時春風不相識何事入羅幃

子夜吳歌

長安一片月萬戶擣衣聲秋風吹不盡總是玉關情何日平胡虜良人罷遠征

望天門山

天門中斷楚江開碧水東流直北迴兩岸青山相對出孤帆一片日邊來

早發白帝城

朝辭白帝彩雲間千里江陵一日還兩岸猿聲啼不住輕舟已過萬重山

春夜洛城聞笛

誰家玉笛暗飛聲散入春風滿洛城此夜曲中聞折柳何人不起故園情

黃鶴樓送孟浩然之廣陵

故人西辭黃鶴樓煙花三月下揚州孤帆遠影碧空盡唯見長江天際流

望月有懷

清泉映疏松不知幾千古寒月搖輕波流光入窗戶對此空長吟思君意何深無因見安道興盡愁人心

遊太山 三首

四月上太山石平御道開六龍過萬壑澗谷隨縈迴馬跡遶碧峯於今滿青苔飛流灑絕巘水急松聲哀北眺崿嶂奇傾崖向東摧洞門閉石扇地底興雲雷登高望蓬瀛想像金籙臺天門一長嘯萬里清風来玉女四五人飄颻下九垓含笑引素手遺我流霞杯稽首再拜之自愧非仙才曠然小宇宙棄世何悠哉

平明登日觀舉手開雲關精神四飛揚如出天地間黄河從西来窈窕入遠山憑崖覽八極目盡長空閑偶然值青童綠髮雙雲鬟笑我晚學仙蹉跎凋朱顔躊躇忽不見浩蕩難追攀

朝飲王母池暝投天門闕獨抱綠綺琴夜行青山間山明月露白夜靜松
風歇仙人遊碧峯處處笙歌發寂聽娛清輝玉真連翠微想像鸞鳳舞
飄颻龍虎衣捫天摘匏瓜恍惚不憶歸舉手弄清淺誤攀織女機明晨
坐相失但見五雲飛

杜甫詩選

春望

國破山河在城春草木深感時花濺淚恨別鳥驚心烽火連三月家書抵萬金白頭搔更短渾欲不勝簪

曲江二首

一片花飛減却春風飄萬點正愁人且看欲盡花經眼莫厭傷多酒入脣江上小堂巢翡翠苑邊高塚臥麒麟細推物理須行樂何用浮名絆此身

朝回日日典春衣每日江頭盡醉歸酒債尋常行處有人生七十古來稀穿花蛺蝶深深見點水蜻蜓款款飛傳語風光共流轉暫時相賞莫相違

夢李白二首

死别已吞聲生别常惻惻江南瘴癘地逐客無消息故人入我夢明我常相憶恐非平生魂路遠不可測魂来楓林青魂返關山黑君今在羅網何以有羽翼落月滿屋梁猶疑照顏色水深波浪闊無使蛟龍得

浮雲終日行遊子久不至三夜頻夢君情親見君意告歸常局促苦道來不易江湖多風波舟楫恐失墜出門搔白首若負平生志冠蓋滿京華斯人獨憔悴孰云網恢恢將老身反累千秋萬歲名寂寞身後事

雨晴

天際秋雲薄從西萬里風今朝好晴景久雨不妨農塞柳行疏翠山梨結小紅胡笳樓上發一雁入高空

天末懷李白

涼風起天末君子意如何鴻雁幾時到江湖秋水多文章憎命達魑魅喜人過應共冤魂語投詩贈汨羅

贈衛八處士

人生不相見動如參與商今夕是何夕共此燈燭光少壯能幾時鬢髮各已蒼訪舊半為鬼驚呼熱中腸焉知二十載重上君子堂昔別君未婚兒女忽成

行怡然敬父執問我來何方問答未及已兒女羅酒漿夜雨翦春韭新炊

間黄粱主稱會面難一舉累十觴十觴亦不醉感子故意長明日隔山岳

世事兩茫茫 兒女忽成行應作男女忽成行

兵車行

車轔轔馬蕭蕭行人弓箭各在腰耶孃妻子走相送塵埃不見咸陽橋牽衣

頓足攔道哭哭聲直上干雲霄道旁過者問行人行人但云點行頻或從十五

北防河便至四十西營田去時里正與裹頭歸來頭白還戍邊邊庭流血成海

水武皇開邊意未已君不聞漢家山東二百州千村萬落生荊杞縱有健婦

把鋤犁禾生隴畝無東西況復秦兵耐苦戰被驅不異犬與雞長者雖有問

役夫敢伸恨且如今年冬未休關西卒縣官急索租租稅從何出信知生男
惡反是生女好生女猶得嫁比鄰生男埋沒隨百草君不見青海頭古來白
骨無人收新鬼煩冤舊鬼哭天陰雨溼聲啾啾

前出塞九首之六

戚戚去故里悠悠赴交河公家有程期亡命嬰禍羅君已富土境開邊一何
多棄絕父母恩吞聲行負戈
磨刀嗚咽水水赤刃傷手欲輕腸斷聲心緒亂已久丈夫誓許國憤惋
復何有功名圖麒麟戰骨當速朽
送徒既有長遠戍亦有身生死向前去不勞吏怒嗔路逢相識人附書與

六親哀哉兩決絕不復同苦辛

迢迢萬里餘領我赴三軍軍中異苦樂主將寧盡聞隔河見胡騎倏

忽數百羣我始為奴僕幾時樹功勳

挽弓當挽強用箭當用長射人先射馬擒賊先擒王殺人亦有限立國

自有疆苟能制侵陵豈在多殺傷

驅馬天雨雪軍行入高山逕危抱寒石指落層氷間已去漢月遠何時

築城還浮雲暮南征可望不可攀

後出塞五首之二

男兒生世間及壯當封侯戰伐有功業焉能守舊丘召募赴薊門軍動不

可留千金裝馬鞍百金裝刀頭閭里送我行親戚擁道周斑白居上列酒酣
進庶羞少年别有贈含笑看吳鈎
朝進東門營暮上河陽橋落日照大旗馬鳴風蕭蕭平沙列萬幕部伍
各見招中天懸明月令嚴夜寂寥悲笳數聲動壯士慘不驕借問大將
誰恐是霍嫖姚

新安吏

客行新安道喧呼聞點兵借問新安吏縣小更無丁府帖昨夜下次選中男
行中男絶短小何以守王城肥男有母送瘦男獨伶俜白水暮東流青山
猶哭聲莫自使眼枯收汝淚縱橫眼枯即見骨天地終無情我軍取相州

日夕望其平豈意賊難料歸軍星散營就粮近故壘練卒依舊京掘

壕不到水牧馬役亦輕況乃王師順撫養甚分明送行勿泣血僕射如

父兄

潼關吏

士卒何草草築城潼關道大城鐵不如小城萬丈餘借問潼關吏脩關還

備胡要我下馬行為我指山隅連雲列戰格飛鳥不能踰胡来但自守豈

復憂西都丈人視要處窄狹容單車艱難奮長戟千古用一夫哀哉桃林

戰百萬化為魚請囑防關將慎勿學哥舒

石壕吏

暮投石壕村有吏夜捉人老翁踰牆走老婦出門看吏呼一何怒婦啼一何苦聽婦前致詞三男鄴城戍一男附書至二男新戰死存者且偷生死者長已矣室中更無人惟有乳下孫孫有母未去出入無完裙老嫗力雖衰請從吏夜歸急應河陽役猶得備晨炊夜久語聲絶如聞泣幽咽天明登前途獨與老翁別

新婚別

兔絲附蓬麻引蔓固不長嫁女與征夫不如棄路旁結髮為君妻席不煖君牀暮婚晨告別無乃太匆忙君行雖不遠守邊赴河陽妾身未分

迕音午，遇也，逆也。

明何以拜姑嫜父母養我時日夜令我藏生女有所歸雞狗亦得將君今往死地沈痛迫中腸誓欲隨君去形勢反蒼黄勿為新婚念努力事戎行婦人在軍中兵氣恐不揚自嗟貧家女久致羅襦裳羅襦不復施對君洗紅妝仰視百鳥飛大小必雙翔人事多錯迕與君永相望

垂老别

四郊未寧靜垂老不得安子孫陣亡盡焉用身獨完投杖出門去同行為辛酸幸有牙齒存所悲骨髓乾男兒既介胄長揖别上官老妻卧路啼歲暮衣裳單孰知是死别且復傷其寒此去必不歸還聞勸加餐土門壁甚堅杏園度亦難勢異鄴城下縱死時猶寬人生有離合豈擇盛

榮寶齋藏版

衰端憶昔少壯日遲迴竟長歎萬國盡征戍烽火被岡巒積屍草木腥流血川原丹何鄉為樂土安敢尚盤桓棄絕蓬室居塌然傷肺肝

無家別

寂寞天寶後園廬但蒿藜我里百餘家世亂各東西存者無消息死者為塵泥賤子因陣敗歸來尋舊蹊久行見空巷日瘦氣慘悽但對狐與狸豎毛怒我啼四鄰何所有一二老寡妻宿鳥戀本枝安辭且窮棲方春獨荷鋤日暮還灌畦縣吏知我至召令習鼓鞞雖從本州役內顧無所攜近行止一身遠去終轉迷家鄉既盪盡遠近理亦齊永痛長病母五年委溝谿生我不得力終身兩酸嘶人生無家別何以為蒸黎

麗人行

三月三日天氣新長安水邊多麗人態濃意遠淑且真肌理細膩骨肉
勻繡羅衣裳照暮春蹙金孔雀銀麒麟頭上何所有翠為㔩葉垂鬢
脣背後何所見珠壓腰衱穩稱身就中雲幕椒房親賜名大國虢與秦
紫駝之峯出翠釜水精之盤行素鱗犀筯厭飫久未下鸞刀縷切空紛
綸黃門飛鞚不動塵御廚絡繹送八珍簫鼓哀吟感鬼神賓從雜遝
實要津後來鞍馬何逡巡當軒下馬入錦茵楊花雪落覆白蘋青
鳥飛去銜紅巾炙手可熱勢絕倫慎莫近前丞相嗔

遝 音他、去聲、雜遝：眾多貌

彭衙行

憶昔避賊初北走經險艱夜深彭衙道月照白水山盡室久徒步逢人多厚顏參差谷鳥吟不見遊子還癡女飢咬我唬畏虎狼聞懷中掩其口反側聲愈嗔小兒強解事故索苦李餐一旬半雷雨泥濘相牽攀既無禦雨備徑滑衣又寒有時經契闊竟日數里間野果充餱糧卑枝成屋椽早行石上水暮宿天邊烟少留同家窪欲出蘆子關故人有孫宰高義薄曾雲延客已曛黑張燈啟重門煖湯濯我足翦紙招我魂從此出妻孥相視涕闌干衆雛爛漫睡喚起霑盤飧誓將與夫子永結為弟昆遂空所坐堂安居奉我歡誰肯艱難際豁

達露心肝别来歲月周胡羯仍搆患何當有翅翎飛去墮爾前

茅屋為秋風所破歌

八月秋高風怒號卷我屋上三重茅茅飛渡江灑江郊高者掛罥長林梢下者飄轉沈塘坳南村群童欺我老無力忍能對面為盜賊公然抱茅入竹去唇焦口燥呼不得歸来倚杖自歎息俄頃風定雲墨色秋天漠漠向昏黑布衾多年冷似鐵嬌兒惡卧踏裏裂牀頭屋漏無乾處雨脚如麻未斷絶自經喪亂少睡眠長夜霑溼何由徹安得廣廈千萬間大庇天下寒士俱歡顏風雨不動安如山嗚呼何時眼前突兀見此屋吾廬獨破受凍死亦足

佳人

絶代有佳人幽居在空谷自云良家子零落依草木關中昔喪敗
兄弟遭殺戮官高何足論不得收骨肉世情惡衰歇萬事隨轉燭
夫婿輕薄兒新人美如玉合昏尚知時鴛鴦不獨宿但見新人笑那
聞舊人哭在山泉水清出山泉水濁侍婢賣珠迴牽蘿補茅屋摘
花不插髮采柏動盈掬天寒翠袖薄日暮倚修竹

水檻遣心

去郭軒楹敞無村眺望賒澄江平沙岸幽樹晚多花細雨魚兒出
微風燕子斜城中十萬戶此地兩三家

遣興

蓬生非無根漂蕩隨高風天寒落萬里不復歸本叢客子念故宅三年門巷空悵望但烽火戎車滿關東生涯能幾何常在羈旅中

客至

舍南舍北皆春水但見群鷗日日来花徑不曾緣客掃蓬門今始爲君開盤飧市遠無兼味樽酒家貧只舊醅肯與鄰翁相對飲隔籬呼取盡餘杯

貧交行

翻手作雲覆手雨紛紛輕薄何須數君不見管鮑貧時交此道今人棄如土

絶句漫興

腸斷春江欲盡頭杖藜徐步出芳洲顛狂柳絮因風舞輕薄桃花逐水流

贈花卿

錦城絲管日紛紛半入江風半入雲此曲祗應天上有人間那得幾回聞

絶句二首

遲日江山麗春風花草香泥融飛燕子沙暖睡鴛鴦

然卩燃

江碧鳥逾白山青花欲然今春看又過何日是歸年

七絶

兩箇黃鸝鳴翠柳一行白鷺上青天窗含西嶺千秋雪門泊東吳萬里船

登高

風急天高猿嘯哀渚清沙白鳥飛迴無邊木葉蕭蕭下滾不盡長江滾滾來

亭卩停

萬里悲秋常作客百年多病獨登臺艱難苦恨繁霜鬢潦倒新亭濁酒杯

榮寶齋藏版

白居易詩選

上陽人

上陽人上陽人紅顏暗老白髮新綠衣監使守宮門一閉上陽多少春玄宗末歲初選入入時十六今六十同時採擇百餘人零落年深殘此身憶昔吞悲別親族扶入車中不教哭皆云入內便承恩臉似芙蓉胸似玉未容君王得見面已被楊妃遥側目妬令潛配上陽宮一生遂向空房宿宿空房秋夜長夜長無寐天不明耿耿殘燈背壁影蕭蕭暗雨打窗聲春日遲日遲獨坐天難暮宮鶯百囀愁厭聞梁燕雙棲老休妬鶯歸燕去長悄然春往秋來不記年唯向深宮望明月東西四五百迴圓今日宮中年最老大家

遥賜尚書號小頭鞵履窄衣裳青黛點眉眉細長外人不見見應笑天寶末年時世妝上陽人苦最多少亦苦老亦苦少苦老苦兩如何君不見昔時呂尚美人賦又不見今日上陽宮人白髮多

折臂翁

新豐老翁八十八頭鬢眉鬚皆似雪玄孫扶向店前行左臂憑肩右臂折問翁臂折來幾年兼問致折何因緣翁云貫屬新豐縣生逢聖代無征戰慣聽梨園歌管聲不識旗槍與弓箭無何天寶大徵丁戶有三丁點一丁點得驅將何處去五月萬里雲南行聞道雲南有瀘水椒花落時瘴煙起大軍徒涉水如湯未過十人二三死邨南邨北哭聲哀兒別耶孃夫別妻皆云前

後征蠻者千萬人行無一回是時翁年二十四兵部牒中有名字夜深不敢使人知偷將大石搥折臂張弓簸旗俱不堪從茲使免征雲南骨碎筋傷非不苦且圖揀退歸鄉土此臂折來六十年一肢雖廢一身全至今風雨陰寒夜直到天明痛不眠痛不眠終不悔且喜老身今獨在不然當時瀘水頭身死魂孤骨不收應作雲南望鄉鬼萬人冢上哭呦呦老人言君聽取君不聞開元宰相宋開府不賞邊功防黷武又不聞天寶宰相楊國忠欲求恩幸立邊功邊功未立生民怨請問新豐折臂翁

杜陵叟

杜陵叟杜陵居歲種薄田一頃餘三月無雨旱風起麥苗不秀多黃死九月降霜

秋旱寒禾穗未熟皆青乾長吏明知不申破急斂暴徵求考課典桑賣地納官
租明年衣食將何如剝我身上帛奪我口中粟虐人害物即豺狼何必鉤爪鋸牙
食人肉不知何人奏皇帝帝心惻隱知人弊白麻紙上書德音京畿盡放今年
稅昨日里胥方到門手持尺牒牓鄉村十家租稅九家畢虛受吾君蠲免恩

母別子

母別子子別母白日無光哭聲苦關西驃騎大將軍去年破虜新策勳
勑賜金錢二百萬洛陽迎得如花人新人迎來舊人棄掌上蓮花眼中刺
迎新棄舊未足悲悲在君家有兩兒一始扶行一初坐坐啼行哭牽人衣
以汝夫婦新燕婉使我母子生別離不如林中烏與鵲母不失雛雄伴雌

應似園中桃李樹花落隨風子在枝新人新人聽我語洛陽無限紅樓女但願將軍重立功更有新人勝於汝

長恨歌

漢皇重色思傾國御宇多年求不得楊家有女初長成養在深閨人未識天生麗質難自棄一朝選在君王側迴眸一笑百媚生六宮粉黛無顏色春寒賜浴華清池溫泉水滑洗凝脂侍兒扶起嬌無力始是新承恩澤時雲鬢花顏金步搖芙蓉帳暖度春宵春宵苦短日高起從此君王不早朝承歡侍宴無閑暇春從春遊夜專夜後宮佳麗三千人三千寵愛在一身金屋妝成嬌侍夜玉樓宴罷醉和春姊妹弟兄皆列土可憐光彩生門戶遂令天下父母心不重生

男重生女驪宮高處入青雲仙樂風飄處處聞緩歌漫舞凝絲竹盡日君王看不足漁陽鞞鼓動地來驚破霓裳羽衣曲九重城闕煙塵生千乘萬騎西南行翠華搖搖行復止西出都門百餘里六軍不發無奈何宛轉蛾眉馬前死花鈿委地無人收翠翹金雀玉搔頭君王掩面救不得回看血淚相和流黃埃散漫風蕭索雲棧縈迂登劍閣峨嵋山下少人行旌旗無光日色薄蜀江水碧蜀山青聖主朝朝暮暮情行宮見月傷心色夜雨聞鈴腸斷聲天旋日轉迴龍馭到此躊躇不能去馬嵬坡下泥土中不見玉顏空死處君臣相顧盡沾衣東望都門信馬歸歸來池苑皆依舊太液芙蓉未央柳芙蓉如面柳如眉對此如何不淚垂春風桃李花開日秋雨梧桐葉落時西宮南內多秋草

蛾 係娥之誤

落葉滿階紅不掃梨園弟子白髮新椒房阿監青娥老夕殿螢飛思悄然孤燈
挑盡未成眠遲遲鐘鼓初夜長耿耿星河欲曙天鴛鴦瓦冷霜華重翡翠衾
寒誰與共悠悠生死別經年魂魄不曾来入夢臨邛道士鴻都客能以精誠致魂
魄為感君王展轉思遂教方士殷勤覓排雲馭氣奔如電升天入地求之遍上窮
碧落下黃泉兩處茫茫皆不見忽聞海上有仙山山在虛無縹緲間樓閣玲瓏
五雲起其中綽約多仙子中有一人字太真雪膚花貌參差是金闕西廂叩玉
扃轉教小玉報雙成聞道漢家天子使九華帳裏夢魂驚攬衣推枕起徘徊
珠箔銀屏迤邐開雲髻半偏新睡覺花冠不整下堂來風吹仙袂飄飄
舉猶似霓裳羽衣舞玉容寂寞淚闌干梨花一枝春帶雨含情凝睇謝君王

一別音容兩渺茫昭陽殿裏恩愛絶蓬萊宫中日月長回頭下望人寰處不見長安見塵霧唯將舊物表深情鈿合金釵寄將去釵留一股合一扇釵擘黄金合分鈿但教心似金鈿堅天上人間會相見臨別殷勤重寄詞詞中有誓兩心知七月七日長生殿夜半無人私語時在天願作比翼鳥在地願爲連理枝天長地久有時盡此恨綿綿無絶期

琵琶行

潯陽江頭夜送客楓葉荻花秋瑟瑟主人下馬客在船舉酒欲飲無管絃醉不成歡慘將別別時茫茫江浸月忽聞水上琵琶聲主人忘歸客不發尋聲暗問彈者誰琵琶聲停欲語遲移船相近邀相見添酒回燈重開宴

千呼萬喚始出來猶抱琵琶半遮面轉軸撥絃三兩聲未成曲調先有情絃
絃掩抑聲聲思似訴平生不得志低眉信手續續彈說盡心中無限事輕攏
慢撚抹復挑初為霓裳後六么大絃嘈嘈如急雨小絃切切如私語嘈嘈切切錯
雜彈大珠小珠落玉盤間關鶯語花底滑幽咽泉流水下灘水泉冷澁絃疑絕
疑絕不通聲暫歇別有幽情暗恨生此時無聲勝有聲銀瓶乍破水漿迸
鐵騎突出刀槍鳴曲終收撥當心畫四絃一聲如裂帛東船西舫悄無言唯
見江心秋月白沈吟放撥插絃中整頓衣裳起斂容自言本是京城女家在
蝦蟇陵下住十三學得琵琶成名屬教坊第一部曲罷曾教善才伏妝成每
被秋孃妒五陵年少爭纏頭一曲紅綃不知數鈿頭銀篦擊節碎血色羅裙

翻酒污今年歡笑復明年秋月春風等閒度弟走從軍阿姨死暮去朝來顏
色改門前冷落車馬稀老大嫁作商人婦商人重利輕別離前月浮梁買茶
去去來江口守空船遶船月明江水寒夜深忽夢少年事夢啼妝淚紅闌干
我聞琵琶已歎息又聞此語重唧唧同是天涯淪落人相逢何必曾相識我從去
年辭帝京謫居臥病潯陽城潯陽地僻無音樂終歲不聞絲竹聲住近湓
江地低溼黃蘆苦竹遶宅生其間旦暮聞何物杜鵑啼血猨哀鳴春江花朝
秋月夜往往取酒還獨傾豈無山歌與村笛嘔啞嘲哳難為聽今夜聞君琵
琶語如聽仙樂耳暫明莫辭更坐彈一曲為君翻作琵琶行感我此言良久
立卻坐促絃絃轉急淒淒不似向前聲滿座重聞皆掩泣座中泣下誰最多

江州司馬青衫溼

簡簡吟

蘇家小女名簡簡芙蓉花腮柳葉眼十一把鏡學點妝十二抽針能繡裳十三行坐事調品不肯迷頭白地藏玲瓏雲髻生花樣飄颻風袖薔薇香殊姿異態不可狀忽忽轉動如有光二月繁霜殺桃李明年欲嫁今年死丈人阿母勿悲啼此女不是凡夫妻恐是天仙謫人世只合人間十三歲大都好物不堅牢彩雲易散琉璃脆

花非花

花非花霧非霧夜半來天明去來如春夢幾多時去似朝雲無覓處